Martin Szegedi

Die Entblößung
bis auf die Knochen

Die Entblößung
bis auf die Knochen

Martin Szegedi

Bibliografische Information der Deutschen Nationalbibliothek: Die
Deutsche Nationalbibliothek verzeichnet diese Publikation in der
Deutschen Nationalbibliografie; detaillierte bibliografische Daten sind im
Internet über dnb.dnb.de abrufbar.

Verlag: BoD · Books on Demand GmbH, In de Tarpen 42,
22848 Norderstedt
Druck: Libri Plureos GmbH, Friedensallee 273, 22763 Hamburg

ISBN: 978-3-7693-1386-4

Inhalt

„Die Demokratie
mit der sozialen Marktwirtschaft,
wie wir sie sehen und wie man uns lehrt,
haben auch ihre Schattenseiten.
Ihre dunklen Ecken.
In der Diktatur ist es umgekehrt:
Sie ist ein großes Dunkel
mit zwei, drei Lichtflecken.“

Der Autor,
in „Was auf der Hand liegt“
(Gedichte, 2015)

Gewidmet meinen fleißigen und hilfsbereiten
Mitbürgern

Motto:

„Manchmal muss man mehrmals sterben
um einmal richtig leben zu können."

PROLOG

Rumänien, Ende September 1984. Es herrscht noch die Ceausescu Diktatur.

Bin einunddreißig Jahre alt und befinde mich seit ungefähr einer Stunde im Warteraum des Passamts in Deva, nachdem wir am Vortag ein Schreiben erhalten hatten, dass unser Ausreiseantrag in die BRD genehmigt wurde.

Plötzlich geht in der Wand ein kleines Schiebetürchen auf, ich sehe in der Öffnung den Kopf eines mir schon von den Audienzen her bekannten Securitateoffiziers, der meinen Namen in den Raum hineinruft:

„Szegedi Martin!"

„Da bin ich!", meldete ich mich, sprang auf vom Stuhl und näherte mich dem Fenster aus der Wand. Der Offizier schaute mich mit finsterem Gesicht und einem ernsten Blick an und streckte die Hand zur Öffnung raus:

„Hier haben Sie die Ausreisepässe. Aber passen Sie auf was sie DORT reden. Der lange Arm der Revolution kann Sie überall erreichen!"
Ich antwortete:

„Ich habe verstanden und danke Ihnen!"
Dann griff ich mir die Pässe.

*

Es folgten die Vorbereitungen für die Ausreise:
Rausschmiss aus der Partei, Kündigung des Arbeits-Verhältnisses, Einpacken von Habseligkeiten in drei größere extra dafür gefertigte Kisten, die Fahrt mit diesen zum Zoll nach Bukarest, Hausrats-Auflösung, Abschiednahme von den Verwandten, Mutters Nervenzusammenbruch gefolgt von einer schizophrenen Krise, und die Zugfahrt, am 9. November 1984, von Simeria nach Nürnberg, wo wir im Durchgangslager die ersten Aufnahmeformalitäten hinter uns brachten.
Dann unser Weg mit dem Zug ins Zwischenlager von Rastatt und nach einer Woche weiter nach Edenheim, wo wir Anfang Dezember desselben Jahres ankamen und im Übergangswohnheim aus der Hölderlin Straße die erste Bleibe fanden.
In einem Appartement mit vier Zimmern, ein Bad und einer Küche, wohnten wir ein Jahr lang zusammen mit drei andern Familien, jeweils eine in einem Zimmer. Wir zu viert.
Im großen Wohnzimmer eine fünfköpfige Familie Siebenbürger Sachsen, daneben eine vierköpfige Bukarester Familie und im kleinsten Zimmer, ein älteres Ehepaar aus dem Banat.
Küche und Bad benutzten wir gemeinsam.

*

Ich fuhr mit meiner Frau schon am ersten Tag mit dem Bus in die Stadt, um Lebensmittel zu kaufen.

Als erstes zum Bäcker.

Ich stellte mich in die Reihe an die Theke und schon bald fragte die Verkäuferin, was ich wünschte.

„Ein Brot", antwortete ich.

„Was für eins?", fragte sie mich zurück.

Ich stand überrascht, perplex da.

Erst dann schaute ich mir das im Hintergrund mit allerhand Backwaren und Brotarten vollgestopfte Regal an.

In Rumänien gab es in den Läden nur *eine* Art von Brot und eine Art Baguette.

Wenn man ein Brot verlangte, bekam man halt ein Brot, denn es gab nur eine Sorte davon.

Jetzt, in Deutschland, hatte ich ein Brot verlangt und man fragte mich: „Was für eins?"

Ich riss mich zusammen und zeigte, etwas unsicher, mit dem Finger auf ein Brot aus dem Regal, das ähnlich aussah wie das aus Rumänien.

Später erfuhr ich dann, dass es in Deutschland über dreihundert Sorten Brot gibt und fragte mich, verwirrt, warum man so viele Arten von Brot eigentlich braucht?

Dieses Überangebot an Waren war uns schon in einem Laden in Nürnberg aufgefallen:

Wir waren grad mit dem Zug aus Rumänien dort angekommen, hatten im Durchgangslager ein Zimmer bezogen, wollten was essen und stellten fest, wir hatten kein Salz.

So beschloss ich mit meiner Frau, wir sollen Salz einkaufen gehen.

Ganz in der Nähe fanden wir schon einen Laden, gingen rein und kamen aus dem Staunen nicht mehr raus. Alle Regale um uns herum waren vollgestopft mit allerhand für Sachen, bei manchen wussten wir gar nicht für was sie zu gebrauchen waren.

Wir suchten nach dem Salz wie nach der Nadel im Heuhaufen und fanden es nicht.

Fast verzweifelt, fragten wir eine Verkäuferin wo das Salz lagert und sie führte uns endlich zum richtigen Regal.

Monate später erfuhren wir dann, dass eine auch frisch ausgereiste Siebenbürgerin, in einem Lebensmittelladen in Edenheim einkaufen ging, sich an die Wursttheke anstellte und als gefragt wurde was sie wünsche,sie geantwortet hat:

„Ein halbes Kilo Pariser, bitte.“

Die Verkäuferin sah sie verdutzt an und sagte:

„Dann müssen Sie in die Apotheke, liebe Frau!“

„Nein, diesen Pariser von da möchte ich“, und zeigte auf eine dickere Wurst aus der Auslage.

In Rumänien gab es eine Art Sojawurst zu kaufen, die dicker war und „Pariser“ hieß.

Von wo hätte meine frisch ausgewanderte Landsfrau wissen können, dass man in Deutschland mit *Pariser* Kondome meint?

Lange Zeit fielen wir überall auf.

An einem Tag im Winter, wir waren nur kurz vor - her in Edenheim angekommen, war ich mit meiner Frau unterwegs in einem größeren

Bekleidungsladen und ich bemerkte, dass manche Leute mich lang anschauten und sogar sich nach mir umdrehten.

Nach einer Weile sagte meine Frau:

„Gib deine Kappe her, in meine Tasche. Siehst du nicht, keiner trägt sowas in Deutschland! Die dreh'n sich alle nach dir um."

Und es war tatsächlich so.

Ich hatte mir in Bukarest eine auffallend große und hohe Winterkappe mit einem langen Schild gekauft, extra für Deutschland, aus schwarzem Fellimitat. Die waren teuer und damals in Rumänien in Mode.

Nun kaufte ich mir eine einfache, aus Stoff, sogenannte Arbeiterkappe, denn im ersten Jahr fuhr ich in die Arbeit mit dem Fahrrad und wenn es regnete, brauchte ich etwas auf dem Schädel.

An einem Tag, als ich nach der Arbeit , auf dem Kopf mit meiner Proletenkappe und an den Füßen mit Sicherheitsschuhen, mein Fahrrad durch die Fußgängerzone schob, kam ich an einem Wahlplakat der DKP vorbei, an dem ein Mann mittleren Alters an die Passanten Flugblätter verteilte.

Sofort drückte er auch mir eins in die Hand, wahrscheinlich hatte er mich nach der Kappe und den Arbeitsschuhen, als Prolet aus dem Osten erkannt.

Ich schaute kurz aufs Flugblatt und warf es dann in den daneben stehenden Müllbehälter, denn vom Kommunismus hatte ich die Schnauze voll .

*

Mitte Januar 1985, also nach zwei Monaten seit
unserer Abreise aus Rumänien, hatten ich und
meine Frau schon Arbeit gefunden.
Zuerst meine Dolores, bei einer Textilfirma in
Stechlingen und nach einer Woche auch ich, bei
„Voltac" in einem Vorort Edenheims. Jeder bei
etwa sechs Kilometer von unserem Wohnheim
entfernt, nur in entgegengesetzter Richtung.
   Anderthalb Jahre später, und zwar im Sommer
(ich hatte inzwischen den Führerschein gemacht,
auf Kredit einen gebrauchten Opel Ascona gekauft
und waren aus dem Heim in eine Mietwohnung
umgezogen) machten wir, ich, meine Frau, meine
Mutter und unsere sechsjährige Tochter, uns nach
Rumänien auf, unsere zurückgelassenen Leute zu
besuchen.
   An der rumänischen Grenze, nach vier Stunden
Wartezeit nahm man uns die Pässe ab, durchsuchte
gründlich alles was wir im Kofferraum und auf
dem Dachgepäckträger eingepackt hatten und als
man auch die Hohlräume am Auto abgeklopft
hatte, man fertig mit uns war und wir dachten, dass
wir nun weiterfahren können, kam ein Offizier vom
Zoll mit unseren deutschen Pässen zurück, übergab
sie mir und sagte:
   „Sie müssen umkehren, Sie sind nicht erwünscht
im Land."
   „Wie kann das sein und warum?",fragte ich fassungslos.

„Sie müssten das besser wissen als ich", antwor -
tete der Grenzer.

„Darf dann meine Frau ins Land, mit meiner
Mutter und meiner Tochter?"
Der Grenzer, nach einem kurzen Zögern:
„Nein, keiner von Ihnen darf ins Land".
„Ist das für immer oder nur vorläufig?"
„Versuchen Sie es nochmal in fünf Jahren", sagte
er, drehte mir den Rücken zu und ging weg.
Ich stand da, abgewiesen und verloren an der
Grenze zu unserer Heimat als hätte man mir mit
einer Keule einen Schlag auf den Kopf verpasst.

Es war klar: Weil man mir meinen Gedichtband
„Das Fortziehen der Dichter" nicht hat veröffentlichen wollen (obwohl nachdem er einen Preis
erhalten hatte, zwei rumänische Literaturzeitschrif-
ten bekannt gemacht hatten,dass er 1979 veröffentlicht wird), hatte ich meinen Ausreiseantrag
damit begründet und die Genehmigung regelrecht
erpresst: Falls man mir nicht zügig die Ausreise
genehmigt, würde ich meinen „Fall" im Westen bekannt machen.
Also hat man mich dann „gezwungenermaßen" aus
dem Land gehen lassen aber im Gegenzug lässt
man mich und meine Familie jetzt nicht mehr *rein.*

Wir stiegen ins Auto, ich wendete und weil es
keine Wendeplatte vor dem Schlagbaum gab, musste ich mit dem so schwer beladenen Wagen über
die Bordsteine des Mittelstreifens fahren, schlug
mit dem Auspufftopf zweimal auf und hätte mir ihn

15

dabei fast abgerissen, derweil die Grenzer uns zuschauten und laut auflachten.

Wir traten den Rückweg an und fuhren in Ungarn bis nach Györ wo wir in ein Hotel einkehrten.

.Ich brauchte Schlaf, denn ich war von Linz bis an die rumänische Grenze durchgefahren.

*

Arg enttäuscht und seelisch niedergeschlagen, kamen wir dann in Edenheim an.

Packten all das was wir für unsere Verwandten und Freunde eingekauft hatten aus dem Auto und vom Dachgepäckträger wieder aus und stauten die vielen Päckchen in den Keller:

Wir hatten für einen jeden der uns irgendwie näher war, etwas gekauft, obwohl wir Schulden hatten.

Meine Frau machte uns was zu essen und die ganze Zeit als wir am Tisch saßen, haben wir geschwiegen.

Wir waren zwar in Deutschland aber unsere Herzen und Gedanken waren bei unseren Familien in Rumänien.

Unsere sechsjährige Tochter weinte:

„Ich will zu meinem Freund Florin, nach Hunedoara!"

Meine Frau hatte die Mutter und den Bruder mit Familie in Petersdorf, ich hatte meine Oma die mich großgezogen hat und meinen Onkel mit Familie in Bluthrot.

Und die alle warteten auf uns,denn sie wussten, dass wir losgefahren waren um sie zu besuchen. Telefon hatten sie keins, so haben sie erfahren wie es uns ergangen ist, erst später nachdem ich ihnen einen Brief geschrieben habe.

Ich stellte mir meine alte Oma vor, wie sie wahrscheinlich nachts im Bett weinte und sich fragte: „Was hat nur dieser, mein Junge, böses angestellt, dass er nicht ins Land darf?!" Wir waren zwar in Deutschland aber obwohl wir deutschstämmig waren und die Sprache für den Alltag ausreichend beherrschten, fühlten wir uns doch noch fremd.

Wir hatten noch keine richtigen Freundschaften schließen können, es gab keine Zeit dafür: In der Arbeit ging es schon von Anfang an gleich mit Überstunden los.

Es war alles noch frisch und neu für uns, die Tinte in unseren deutschen Ausweisen und Pässen noch nicht mal richtig getrocknet.

Und jetzt dieser Schlag: Fünf Jahre dürfen wir nicht in die Heimat! Fünf Jahre nicht unsere Familien besuchen und unsere tollen Freunde mit denen wir in all den Jahren daheim regelrecht ineinander gewachsen waren.

Ich stellte mir vor, dass die Securitateoffiziere vom Passamt bei denen ich in Audienzen vorge - sprochen und gewarnt hatte meinen „Fall" im Wes- ten bekannt zu machen falls man mich nicht aus- reisen lässt, ich stellte mir vor ,dass diese Staats - bedienstete, diese *„Machtmenschen"* sich von

meiner Kleinigkeit vor den Kopf gestoßen gefühlt
haben und sich sagten:

„Okay, du bist unverschämt und erpresst uns. So
lassen wir dich *gehen.* Aber ins Land *herein kom-*
men, wirst du erst *dann* können, wenn WIR einverstanden sind!"
Die Securitate wurde doch mit Sicherheit gut aus –
gebildet, wie man den Menschen Leid zufügen
kann. Auch seelisches Leid.

Schon als wir in Nürnberg, frisch angekommen,
mit den Aufnahmeformalitäten begonnen hatten,
fragte uns mancher deutscher Beamte wieso es uns
gelungen war in so kurzer Zeit (zwei Jahre) die
Genehmigung zur Ausreise zu erreichen? (Andere
Ausreisewillige mussten, in Rumänien, auch zehn
oder sogar zwanzig Jahre auf die Genehmigung
warten.)
Ich habe lächelnd drauf geantwortet, dass ich konsequent jeden Dienstag aufs Passamt in Audienz
gegangen war und nicht locker gelassen habe.
Dass ich mir die Ausreise erpresst hatte, habe ich
mir nicht getraut zu erzählen, denn in meinem
Kopf hallten noch die Worte nach des Securitate -
offiziers, als er mir die Pässe überreicht hatte:

„...und passen Sie auf was Sie DORT reden.
Der lange Arm der Revolution kann Sie überall
erreichen!"
So fragte mich auch mal mein Meister, der Georg,
schon kurz nachdem ich die Arbeit in der Firma
angefangen hatte und ich an dem Tag etwas an der

Bohrmaschine zu tun hatte,wieso wir in so kurzer Zeit, nach dem Antrag, ausreisen durften?

Ich antwortete ihm:

„Ich kann darüber *noch* nicht reden. Aber einmal werde ich euch alles erzählen."

Das war im Jahr 1985.

Im Nachhinein, nachdem ich 1993 den ersten Selbstmordversuch unternommen hatte und an paranoider Schizophrenie erkrankte, leuchtete es mir ein, dass ab dem Tag als ich dem Georg so antwortete, wahrscheinlich der deutsche Geheimdienst auf mich aufmerksam wurde.

Denn man hatte ja zu befürchten, dass der Osten mit Spionen oder getarnten Kommunisten das Abendland unterwandern könnte.

Demokratie hin, Demokratie her und Freiheit hin und Freiheit her, der deutsche Staat und eigentlich der ganze Westen MUSSTE wachsam bleiben, besonders wenn man so aufgefallen war wie wir. So stellte ich mir das vor .

Aber ich wiederhole: im Nachhinein, erst nach acht, neun Jahren nachdem wir in Deutschland angekommen waren.

*

Während der fünfjährigen Einreisesperre nach Rumänien blieb mir nichts anderes übrig als weiter, nachdem wir in Edenheim angekommen waren, lange Briefe zu schreiben an meinen besten Freund Mac, der Rechtsanwalt in Hunedoara war, die Stadt aus der wir ausgereist waren.

Die Kuverts dieser Briefe waren sehr auffallend immer prall gefüllt und mir war bewusst, dass, bevor mein Freund Mac sie in die Hände bekam, sie vorher die Securitate lesen wird.

Darum verfasste ich die Briefe auf so eine Art, dass die Securitate aus ihnen schließen konnte, dass ich dem Abendland keine gute Werbung in Rumänien machte. Ich schrieb nur über die negativen Aspekte der westdeutschen Gesellschaft, kritisierte so gut ich konnte den Kapitalismus, wollte nicht meinen Freund, sondern die Securitate in meinen Briefen überzeugen von der Schlechtigkeit des Westens.

Hätte ich die Wahrheit geschrieben, dass es uns eigentlich in Deutschland gut geht, befürchtete ich, dass die Behörden unseren Anverwandten die noch in Rumänien waren, Schwierigkeiten hätten machen können und sich an ihnen rächen, wie an einer Art Geiseln.

Denn manche von unseren Anverwandten hatten *auch* die Ausreise in die BRD beantragt oder hatten so was vor.

Drum dachte ich, um so schlechter ich über Deutschland in meinen Briefen berichte und dies die Securitate liest, um so dienlicher wäre das unseren Anverwandten.

Jahre später, also um 1993 herum, kam ich zu dem Schluss, dass meine prall gefüllten Briefumschläge für Rumänien auch dem deutschen Geheimdienst auffallen hätten können oder eben aufgefallen sind.

Ich werde später, zur rechten Zeit, mal die
Umstände erklären unter denen mir der Gedanke
kam, dass mich von allem Anfang der deutsche
Geheimdienst im Visier hatte.

Aber jetzt erst zurück in die Zeit als ich bei „Voltac" die Arbeit angefangen hatte.

*

Ungefähr zwei, drei Wochen nachdem ich bei „Voltac" vorgesprochen hatte ob sie nicht einen Elektriker brauchen, erhielt ich ein Schreiben, ich soll in
der Firma vorstellig werden.

Ich betrat das Büro des Personalchefs, er gab mir
die Hand und sagte man hätte beschlossen mich
einzustellen. In der Firma würde man Maschinen
zur Fleischbearbeitung bauen.

Er erklärte mir den Arbeitsvertrag, händigte ihn mir
aus ,sagte mir, dass ich einen Stundenlohn von
zwölf Mark und vierzig Pfennig für den Anfang habe und dass mir im Beruf weitere Aufstiegs-
möglichkeiten offen stünden. Ich unterschrieb den
Vertrag und dann sagte er:

„Sie können schon morgen anfangen, den Herr
Möller, ihren Meister haben Sie schon voriges Mal
kennen gelernt.

Was ich Ihnen noch sagen möchte: Versuchen Sie
Ihre Arbeitskollegen zu verstehen, versuchen Sie
ihnen Verständnis entgegenzubringen, denn sie sind
Kinder ihrer Zeit. Ich wünsche Ihnen einen guten

Start!"

Später erfuhr ich, dass der Personalchef aus Kronstadt, also auch aus Rumänien stammte.

Aber zwei Wochen nachdem er mich eingestellt hatte, wechselte er zu einer größeren Firma aus Edenheim.

*

Am nächsten Tag begab ich mich, in der neuen Arbeitstasche mit einem Vesper und einem neuen Arbeitskittel, in das neugebaute Firmengebäude. Betrat die große, hell beleuchtete Halle und erblickte gleich rechts von der Eingangstür, meinen Meister, den Herr Möller, an seinem Tisch.

Wir gaben uns die Hand, er hieß mich willkommen und bot mir von allem Anfang das „Du" an:

„Ich bin der Georg", sagte er.

Dann führte er mich zu meiner Werkbank und stellte mich den anderen Elektrikern vor:

„Das ist unser neuer Mitarbeiter, der Martin Szegedi. Und hier, Martin, ist der Siegfried, der Felix, der Martin, der auch so heißt wie du und der Luigi."

Wir hatten also auch einen Italiener dabei.

Als Nächstes übergab mir Georg meinen Werkzeug-Wagen. Nigel-Nagel neu. Auf Gummirädern! Mit vier Schubladen, alle vollgestopft mit allerhand Werkzeug!

In Rumänien waren wir schlecht versorgt mit Werkzeug. Wir mussten uns oft manches Werkzeug selbst anfertigen, denn im Lager waren die Bestände knapp.

Und immer wieder musste man sich manches Werkzeug, das man seltener brauchte, von einem anderen Kollegen leihen.

Hier hatte ich Werkzeug in Hülle und Fülle und alles blitze-blank sauber und neu!

Ich war begeistert.

Nach einer Zeit hatte ich mich in der Halle umgeschaut und festgestellt, dass wir dickere Styroporstreifen (20 cm breit und 80 cm lang) auf Lager hatten zum Probeschneiden (statt Fleisch).

Ich fragte den Georg ob ich mir 3 oder 4 Stück für meinen Wagen nehmen könnte.

Selbstverständlich durfte ich das.

Ich nahm der Reihe nach aus jeder Schublade meines Wagens das durcheinander liegende Werkzeug raus, legte eine Styroporplatte in die leere Schublade rein und schnitzte mit dem Messer in den weißen Kunststoff, an jedes einzelne Werkzeug angepasst, mehrere Mulden rein, in die ich dann das entsprechende Werkzeug reinlegte oder besser gesagt, *reinpresste,* dass es auch Halt hatte.

So konnte ich, wenn ich die Schublade öffnete, auf einen Blick sehen ob all mein Werkzeug im Wagen war, wenn ich Feierabend machte.

Ohne diese Ordnung im Wagen hätte ich mir nicht so leicht merken können ob ich nicht vielleicht ein Werkzeug in der Montagehalle hab liegen lassen.

Ich liebte mein tolles Werkzeug und wollte es nicht verlieren.

Mit der Zeit haben mir die Kollegen meine Styropor-Werkzeughalterung nachgemacht, aber schöner und passender als ich es gemacht hatte. (Ich wollte nicht zu viel Zeit damit verlieren.)
Es war einfach eine praktische Sache.

*

Als erste Arbeit gab mir der Meister die Schalttafel von einer einfachen, kleinen Maschine, die Fleisch in Würfel schnitt, zu verdrahten.
Kam mit dem übersichtlichen Elektroplan zu mir und fragte ob ich ihn verstehen, ihn lesen kann.
Selbstverständlich konnte ich das, nur kannte ich nicht alle Fachbegriffe in deutscher Sprache.
Er zeigte mir an einer Aufbauplatte wie man vorzugehen hat und dann habe ich noch andere drei Platten mit aufgebaut, denn er sagte mir, es würde schneller von statten geh'n, wenn man an vier Tafeln gleichzeitig, parallel, schaffen würde.
Wir hatten große, neue Werkbänke, also genug Platz um richtig drauf schaffen zu können.
Und ich legte los.
Schnell, schnell, denn ich wollte beweisen, dass ich nicht der langsamste bin beim Schaffen.
Nach einer Weile kam der Meister zu mir, schaute mir zu und plötzlich, als ich grad einen Draht abisoliert hatte und die feinen Lyzedrähte mit den Fingern zusammen zwirbelte, unter die Schraube des Schützes steckte und diese festzog, plötzlich fragte er mich verwundert:

„Setzt du keine Hülsen auf die Drähte?"
Ich habe ihn nicht verstanden und fragte zurück:
„Was für Hülsen?"
„Na, guck da, vor dir auf der Werkbank. Da sind
doch die Schachteln mit den Aderendhülsen! Wir
machen auf jedes Drahtende eine Hülse drauf,que-
tschen die zusammen mit dieser Zange (er griff sie
sich aus meinem offenen Wagen) und klemmen sie
erst dann unter die Schützschraube ein."
Ich stand baff da. Jetzt wusste ich auch für was die
komische Zange zu gebrauchen war.

Zum Glück hatte ich nicht allzu viele Drähte an
den vier Tafeln nach meiner rumänischen Arbeits-
weise festgeschraubt. Ich schraubte alle Drähte
wieder weg und quetschte auf jedes Drahtende eine Hülse drauf.
So eine Hülse hatten wir in Rumänien mit einem
Arbeitskollegen auf dem Draht von einem Kondensator entdeckt bei einer deutschen „Hylti" Schlag -
bohrmaschine die wir zu reparieren hatten.
Mein Kollege hatte sie mir gezeigt und gefragt:
„Martin, was könnte das sein? Schau mal was die
Deutschen hier haben, auf diesem Draht vom Kon -
densator!"
Ich sagte ihm:
„Du, Vali, nicht dass es ein ohmischer Wider-
stand ist."
Er nahm den Kondensator und ging zum Meister
ins Büro. Und dann kam er lächelnd zurück:
„Stell dir vor, Martin, die machen in Deutschland
auf jeden Lyzedraht eine Hülse drauf, dass es eine

sichere Sach' wird!"
Und jetzt war ich in Deutschland und musste auf
jedes Drahtende eine Hülse drauf quetschen.
Aber es war besser so, als den Draht zusammen zu
zwirbeln. Es war nicht nur sauberer sondern auch
ungefährlicher, sicherer, für eine elektrische Schaltung.

*

Langsam, Tag für Tag, kam ich meinen Kollegen
menschlich näher und sie mir, wir redeten über das
eine und das andere und erfuhr dabei, dass wir in
der Firma, im Ganzen, an die siebzig Leute waren.
Ich stellte aber fest dass ich nicht viel zu erzählen
hatte, nicht so viel mitreden konnte, weil wir noch
sehr wenig gemeinsam hatten. Dazu kam noch,
dass ich eigentlich schon immer introvertiert
gewesen bin und schweigsam.
  An einem Tag fragte mich mein Kollege Felix, so
wie nebenbei:
  „Mit was für einem Stundenlohn hat man dich
eingestellt?"
Ich antwortete ihm:
  „Zwölf Mark und vierzig Pfennig."
Da hat er sich empört und sagte:
  „Das ist ja untertariflich. Sie machen mit euch
Dumping!"
Von Dumping hatte ich schon in Rumänien gehört,
ich wusste was es bedeutet, aber was hätte ich sa-
gen können?

Ich wusste, dass Rumänien in der Welt einen
schlechten Ruf hatte und ich kam ja von dort. Wie
hätte man mir von allem Anfang an, sagen wir mal
so, einen hohen Stundenlohn zahlen können?
Man wusste ja nicht wen man eigentlich einstellte,
was für Fachkenntnisse und was für eine Arbeits-
moral ich hatte.

Mir blieb lange die Empörung aus der Stimme
meines Kollegen im Gedächtnis und ich sagte mir:

„Du musst schauen, die Augen aufreißen und
dich bemühen gut zu schaffen. Aus allen Ansichten
beweisen, dass du was leisten kannst."
So holte ich mir in der Mittagspause, nachdem ich
in zehn Minuten mein belegtes Brot gegessen hatte,
aus dem Regal wo die Schaltpläne waren für alle
Maschinen die wir bauten, manchen Elektroplan
heraus und studierte ihn.
Ich wollte verstehen wie auch andere Maschinen
die man in der Firma baute, funktionieren.
Mein Kollege Martin (mit dem Nachnamen Kanbatz) saß nicht weit von mir an seinem Platz und
als er sah, dass ich Mittags mir immer wieder Elektropläne anschaute, sagte er mal lachend zu mir:

„Martin, lass das doch sein. Es ist Mittag, ruh'
dich aus, entspann' dich!"
Ich antwortete:

„Ich entspanne mich ja. Aber ich bin neugierig
und so vergeht mir auch die Zeit schneller, wenn
ich mich mit etwas beschäftige."

*

Schon von Anfang an, drei, vier Tage nachdem wir ins Übergangswohnheim aus Edenheim eingezogen waren, fing ich an, meine rumänischen Gedichte aus dem Buch „Das Fortziehen der Dichter", aus dem Gedächtnis aufzuschreiben.

Denn ich hatte mich nicht getraut, das Manuskript mitzunehmen: Ich wusste, dass man uns an der Grenze das Gepäck kontrollieren wird und wollte nicht in Schwierigkeiten geraten, dass man uns noch im letzten Moment wegen meinem Manuskript zurück schickt und nicht ausreisen lässt.

So begann ich aus dem Gedächtnis die ungefähr fünfundsechzig Gedichte, jedes à drei bis fünf Strophen, aufzuschreiben. In rumänischer Sprache, selbstverständlich. Und ich war sicher , dass es mir gelingen wird mich an alles zu erinnern, wenn ich mir Zeit nehme.

Denn wenn wir mit dem Literaturkreis, in dem ich Mitglied war, irgendwo vor Publikum auftraten, hatte ich als einziger von uns, meine Gedichte immer auswendig vortragen können.

Ungefähr ein Monat nach unserer Ankunft in Edenheim hatte ich Arbeit gefunden, ging neun bis zehn Stunden am Tag schaffen und danach begann ich bis abends spät in die Nacht meine Gedichte weiter aus dem Gedächtnis aufzuschreiben.

Das ging so circa drei Monate, dann hatte ich alle meine Gedichte niedergeschrieben und ich fing an, sie ins Deutsche zu übersetzen.

Aber bezogen auf die Komplexität der Themen aus meinen rumänischen Gedichten hatte ich nur

geringe Deutschkenntnisse, ich beherrschte bloß
die einfache Alltagssprache.

Ich kaufte mir umgehend ein Wörterbuch „Ru-
mänisch-Deutsch", doch stellte ich fest, dass es
überwiegend auch nur Wörter für den alltäglichen
Gebrauch enthielt und in meinen Gedichten war eigentlich ein spezieller Wortschatz anzutreffen.
So kam ich nur schwer voran mit dem Übersetzen
auch weil ich meine Gedichte in rumänischer
Sprache in Reimform verfasst hatte.
Um es gereimt ins Deutsche zu übersetzen, arbeitete ich manchmal zwei, drei Wochen an einem Gedicht.

Zur gleichen Zeit ging ich dann auch in die
Stadtbibliothek und lieh mir Gedichtbände aus, von
Autoren nach denen ich mich schon in Rumänien
gesehnt hatte: Enzensberger, Grass, Benn, Hesse
oder Erich Kästner.
Ich war begeistert endlich diese tollen Dichter in
Original-Deutsch lesen zu können!
Ich hielt mich jedes Mal lang in der Bibliothek
an dem Regal mit Lyrik auf und schaute mir auch
Bücher von anderen, mir nicht bekannten Autoren
an.
Dabei stieß ich auf einen Gedichtband dessen Au-
tor (den Namen habe ich vergessen) sehr kritisch
über den Staat herzog.
Ich nahm das Buch mit nach Hause und als ich es
dann fertig gelesen hatte,war ich erstaunt wie viel
Freiheit man im Schreiben hier im Westen hatte.

Aber mir schien, dass dieser Dichter doch zu weit gegangen war: Es war eigentlich keine Kunstfreiheit was sein Schreiben an den Tag legte sondern Anarchie.(Aus dem selben Buch erfuhr ich, dass der Autor, für eine Zeit, auch im Knast in Deutschland gesessen hatte. Das war wahrscheinlich der Grund für seine übermäßige Kritik am Staat.)

Auf jeden Fall, am Arbeitsplatz hatte ich niemandem erzählt, dass ich (eigentlich seit meinem elften Lebensjahr) Gedichte schreibe und geschrieben hab. Ich dachte es gehöre sich nicht als kleiner, hergelaufener Elektriker von sich zu geben, dass man auch fürs Schreiben lebt.

*

Ungefähr drei Wochen nachdem ich die Arbeit in der Firma angefangen hatte, stellte man unweit von meiner Werkbank in der Halle eine Maschine auf. Es waren mehrere Leute um sie herum beschäftigt, unter anderem, wie ich mitbekommen hatte, auch ein Verkäufer der die Maschine am nächsten Tag auf einer Messe vorführen sollte.

Es war ein Prototyp, also eine Neuheit in der Produktpalette der Firma, ein sogenannter Kotelettschneider und mein Kollege Luigi hatte die Elektrik gebaut.

Ich merkte, dass es Probleme gab und dass Luigi immer wieder sich am Schaltkasten zu tun machte: Die Maschine hatte eine Funktionsstörung.

Ich fragte den Luigi um was es ging und er sagte mir, der Messerrücklauf funktioniere nicht immer so wie es braucht.

Das war eine Funktion an der Maschine mit der, falls das halbrunde Schneidmesser im Knochen stecken blieb, man durch einen Druckknopf es rückwärts bewegen konnte, raus aus dem Knochen. Jetzt aber hatte man festgestellt, dass, wenn man den Rücklaufknopf betätigte, das Messer manchmal vorwärts lief statt rückwärts.

Luigi, clever wie er war, hatte herausgefunden von wo die Störung herrührte. Um die zu beseitigen, hätte man die elektrische Schaltung erweitern müssen, aber es war kein Platz mehr im Schaltkasten und die Maschine sollte am nächsten Tag auf der Messe vorgeführt werden.

Die Störung trat auf, weil zwei Schaltböckchen die auf einem Druckknopf nebeneinander geschraubt waren, den elektrischen Kontakt nur in einer *gewissen Reihenfolge* machen durften aber aus mechanischen Konstruktionsgründen diese Bedingung nicht gewährleistet war.

Beim Drücken des Knopfes musste *zuerst* ein Böckchen den Kontakt machen und *nachher* das andere. Diese Reihenfolge musste unbedingt eingehalten werden aber manchmal fand sie verkehrt herum statt.

In der Mittagspause schaute ich mir diesen Druckknopf genau an und nach einer Weile kam ich auf die Idee wie es wär', wenn man die „Nase" eines von diesen zwei Kontaktböckchen um zwei

Millimeter abfeilen würde, also kürzen. Dann wär' garantiert, dass beim Drücken des Knopfes dies Böckchen *immer* später als das andere den elektrischen Kontakt macht. Die erforderliche Schaltreihenfolge wär' dann immer gewährleistet ohne dass man die elektrische Schaltung erweitern müsste.

Als unser Meister vom Mittagessen zurück kam, erklärte ich ihm meine Lösung des Problems und er sagte mir sofort ich soll so ein abgefeiltes Böckchen an der Maschine am Druckknopf einsetzen und schauen, ob die Störung beseitigt ist.

Und sie war tatsächlich beseitigt: Das Messer lief immer nur noch rückwärts beim Betätigen des Knopfes und nie mehr vorwärts.

Der Meister schaute mich lächelnd an und mein Kollege Luigi war auch überrascht, dass ich so eine unorthodoxe Lösung gefunden hatte.

Der Verkäufer, der die Maschine auf der Messe vorführen sollte, kam und überzeugte sich, dass der Messerrücklauf jetzt einwandfrei funktionierte.

Er ging wieder ins Büro rein und nach einer Zeit merkte ich, dass ein Techniker, den ich auch im Büro gesehen hatte, bis an die Maschine kam und mich dabei etwas länger anguckte.

Nachdem er wegging, kam ein anderer auch an die Maschine und der schaute mich auch irgendwie länger an.

Neben mir, mein Kollege Martin Kanbatz lachte und sagte:

„Martin, die kommen raus, um *dich* anzuschauen, weil du das Problem gelöst hast. Die werden sich fragen: Der da, der Neue aus Rumänien, hat die Sache in den Griff gekriegt?!"

Als ich im folgenden Monat den Lohnzettel erhielt, merkte ich, dass man mir den Stundenlohn um eine Mark erhöht hatte.

Meinen Trick mit der abgefeilten Böckchennase hat dann mein Meister Georg auch an der Steuerung von anderen Maschinen angewendet: Man sparte elektrische Schaltelemente, Platz im Schaltkasten, Arbeitszeit und es war trotzdem eine sichere Lösung.

Das war mein erstes Erfolgserlebnis bei „Voltac", drei Wochen nachdem man mich eingestellt hatte.

*

Daheim, nachts, beim Übersetzen meiner Gedichte kam ich nur ganz langsam voran. Gegenüber der deutschen Sprache hatte ich die rumänische bis ins kleinste Detail beherrscht. Und zwar alle Ebenen der Sprache: Angefangen mit der Alltagssprache und der Umgangssprache, manche Fachsprachen, die gehobene literarische Sprache bis hin zur abstrakt-kategorialen Sprache der Philosophie. Denn seit meinem zehnten Lebensjahr hatte ich mich mit Büchern „ernährt", ich hatte Bücher regelrecht „gefressen"!

Ich ging in Bluthrot in die Dorfbibliothek und kam jedes Mal mit mehreren Büchern nach Hause, welche mir die Bibliothekarin, die auch Lehrerin war, mir empfohlen hatte.

Als ich dann elf war, mussten wir, als Hausaufgabe, ein kürzeres Naturgedicht von dem rumänischen Dichter Vasile Alecsandri für den nächsten Tag auswendig lernen.
Abends kroch ich ins Bett und mit dem Lesebuch im Schoß bemühte ich mich die gereimten Verse mir ins Gedächtnis einzuprägen. Dabei sah ich mir die ganze Zeit das Foto von dem Dichter an, das auf der selben Buchseite neben seinen Versen war. Und sagte mir:
„So möcht' ich auch werden!"
Und ab dann hab' ich immer wieder versucht zwei, drei selbst ausgedachte Verse zusammenzureimen. Nach längerer Zeit und mehreren Versuchen gelang es mir meine erste Strophe in die Welt zu setzen. Hier ist sie (übersetzt aus dem Rumänischen):
„Vorbei die langen Tage der Sommerzeit
    die Hitze uns zumuten,
    nun machen sich in manchen Wiesen breit,
    die Überschwemmungsfluten."
Ich war elf Jahre alt und sehr stolz auf meine Leistung!
Im Laufe der Jahre blieb ich am Ball und schrieb immer gelungenere Reime.
Das letzte Gedicht, das ich in Rumänisch verfasste, habe ich, gleich nach dem man uns 1986 von der Grenze zurückgewiesen hatte, daheim am Tisch in unserem Vorraum geschrieben.
Es war ein sehr einfühlsames Gedicht mit ausdruckstarken Bildern und seine Botschaft lautete:
Es ist nicht mutig der, der seine Heimat verlässt

und ins Dunkle, in die Welt aufbricht, sondern der, welcher unter schwierigen Umständen, weiter in der Heimat bleibt.

Ich hab' es ein paar Mal gelesen und es kamen mir dabei jedes Mal die Tränen. Dann hab' ich es vernichtet. Und mir vorgenommen nie mehr in rumänischer Sprache zu schreiben.

Diese Sprache war *mich* nicht Wert, denn in ihr wurde mir eigentlich verboten meine Gedichte zu veröffentlichen, in ihr durfte ich nicht als vollständiger Mensch an die Öffentlichkeit treten und frei meine Meinung sagen.

Ich nahm mir vor, nur noch in Deutsch zu schreiben, auch wenn es mir sehr schmerzhaft bewusst war, dass ich von Null anfangen musste.

Und beschloss die Gedichte, die ich in Deutsch verfassen werde in einem Buch unterzubringen mit dem Titel „Das Ankommen der Dichter", also komplementär zu meinem rumänischen Titel „Das Fortziehen der Dichter".

Ich entschied, in meinen zukünftigen, deutschen Gedichten, über meine Anpassungsschwierigkeiten an die westliche Gesellschaft zu berichten.

So hatten wir in der Schule gelernt: Ein richtiger Dichter muss ein Chronist sein, der Zeiten in denen er gelebt hat.

*

GLÜCK IM UNGLÜCK

Was den Anfang wohl angeht
meiner Schreiblingtätigkeit,
war diese für mich auch Leid,
besonders in der Pubertät.

Hab sogar dabei geweint,
aufgewühlt von den Wortschlachten,
doch hat das in mir vereint
das Sinnliche mit dem Abstrakten.

Es konnte sie zusammenbringen,
um in den Texten zu verschmelzen
zu einem bürdenhaften Ringen,
das niemand von mir weg kann wälzen.

Will man was Rechtes in die Welt
auf dichterische Weise setzen,
was den Jahrhunderten dann Stand hält,
darf man sich nicht lassen hetzen.

Es muss eine Deckung haben,
an Leid und tiefgehende Erfahrung,
man kann für der Welt geistige Nahrung,
sich nie genug verausgaben.

Nur damals, in der Diktatur,
wirkte der Staat stets auf uns ein:
schon Tristes gefiel nicht der Zensur,
wie wagen dann, kritisch zu sein?!

Auch wenn ich öfters mal im Leben,
aus dem Unglückskelch musst' schlürfen,
bin ich seit lange glücklich, eben,
vom Unglück schreiben zu dürfen!

*

Bis zur achten Klasse, war ich tagsüber mit den
anderen Kindern aus der Nachbarschaft mit Spielen
beschäftigt. Gegen Abend machte ich mir die
Hausaufgaben und später ging ich ins Bett, fast immer, mit einem Buch in der Hand.
Zu meinen Füßen, im großen Bett, schliefen meine
Oma mit meinem Opa.
Gegen Mitternacht wachte manchmal meine Oma
plötzlich auf und sah, dass ich immer noch am Lesen war.
    „Kind", sagte sie, irgendwie erschrocken, „leg
dich endlich schlafen! Du verbrennst zu viel Petro-
leum!"
Und sie drehte den Docht und damit die Flamme in
der Lampe zurück, denn damals hatten wir noch
kein Strom im Dorf.
    Nachdem mir das ein paarmal passiert war, kam
ich auf die Idee, mir eine Taschenlampe anzuschaf-
fen.

Geld hatte ich keins und die Oma hatte auch stets nur wenig davon.

Aber wir hatten mehrere Hühner, die jeden Tag ein paar Eier legten.

So beschloss ich, heimlich Eier zu sammeln und sie in den Dorfladen, zum Verkäufer, der Reihe nach zu bringen bis es reichte für eine Taschenlampe.

An einem Tag, hörte ich die Oma wie sie unsere Nachbarin, über den Zaun, fragte:

„Du, Rosina, kannst du mir nicht zwei Eier borgen, ich soll damit die Suppe richten? Denn ich weiß nicht warum unsere Hühner, in der letzten Zeit, keine Eier mehr legen."

Na ja, die hatten schon gelegt, aber ich räumte konsequent die Nester leer!

Auf jeden Fall, nach einer gewissen Zeit, hatte ich die Taschenlampe in den Händen.

Ab dann, wenn die Oma spät in der Nacht mir die Lampe ausmachte, zog ich mir in meinem Bett die Decke über den Kopf und las weiter beim Licht der batteriebetriebenen Funzel.

Als Kind habe ich besonders in den Ferien viel und gern Bücher gelesen.

Meine Großeltern gingen weit weg hinaus auf den Dorfacker gewisse Arbeiten zu verrichten und ich wusste, dass Kinder meines Alters, aus den Nachbarnfamilien, auch mit ihren Eltern mitgingen aufs Feld, um mitzuhelfen.

So bot auch ich mich an:

„Oma, ich komm' auch mit!"

Meistens war die Antwort:

„Nein, mein Kind. Bleib du bei deinen Büchern, dass aus dir was wird."
Ich blieb dann daheim, las die ganze Zeit und dazwischen fütterte ich die Schweine und die Hühner.

Ich war so besessen vom Lesen, dass, als wir auch abends alle am Tisch beim Essen saßen, ich das Buch neben den Teller stellte und weiter las.
Einmal waren wir wieder alle am Tisch, bereit fürs Essen, ich auf meinem Stuhl selbstverständlich mit dem geöffneten Buch vor der Nase.
Die Oma stellte den Teller mit der dampfenden Suppe vor mich, ich griff zum Löffel und mit den Augen im Buch, führte ich ihn mit der heißen Suppe zum Mund und verbrannte mich.

„Wieso ist dieses verdammte Essen so heiß?!", rief ich laut und überrascht.
Da stand mein Großvater aufgebracht vom Tisch auf, griff sich eine Gerte aus dem Holzhäufchen von unter dem Ofen und schrie mich empört an:

„Was hast du gesagt? Verdammtes Essen, ha?!"
Und versetzte mir einen Schlag mit der Gerte über die Schultern.

„Von nun an", fuhr er fort, „wenn wir essen, hast du nichts mehr zu suchen mit einem Buch am Tisch!"
Es war das erste und auch das letzte Mal, dass mir mein Großvater eine „gewischt" hat.
Einen Freund von mir verprügelte sein Vater immer wieder mit dem Hosenriemen, wenn er was anstellte.
So war es in den Zeiten.

*

Ungefähr anderthalb Jahre nachdem ich die Arbeit angefangen und man uns an der Grenze in die Heimat nicht reingelassen hatte, entschloss ich mich einen Brief an Miki zu schreiben, ein Freund aus Hunedoara, der in die USA ausgereist war.
Er hatte in Rumänien zwei Jahre Philosophie studiert und weil er nicht zufrieden war mit der Art wie man dieses Fach an der Uni lehrte, entschloss er sich, auszuwandern.

Ich fragte ihn im Brief wie es ihm ging und wie es aussah mit der Anpassung an die amerikanische Gesellschaft.
Erzählte ihm von meinen Schwierigkeiten am Arbeitsplatz, dass mich mancher Kollege nicht mit guten Augen ansah weil man mit mir „Dumping" machen würde.
Dass auch selbst ich mich etwas unterbezahlt fühlte, denn bei manchen einfacheren Arbeiten die man in Serie machen konnte, ich fast das Doppelte leistete gegenüber manch anderem Kollegen.
Und dass ich feststellen konnte, dass was wir in der Schule über den Kapitalismus gelernt hatten, auch irgendwie stimmte. Dann zog ich noch arg über den Kapitalismus her.
Bevor ich den Brief abschickte, machte ich mir eine Kopie davon, schob sie in ein Kuvert mit Mikis Adresse aus Amerika drauf und legte dies in eine Schublade von meinem Nachtkästchen aus dem Schlafzimmer.

Drin waren auch mehrere andere Kopien von Briefen die ich an Mac, nach Rumänien, geschrieben hatte und ich legte immer wieder noch andere hinzu.

Ich wollte alles für später aufbewahren, denkend ich könnte vielleicht mal einen Roman draus machen.

*

An einem Tag sagte mir Georg, mein Meister, dass ich in Zukunft zusammen mit Luigi, den selben Maschinentyp, also den Scheibenschneider, bauen werde und dass dieser mir zeigen wird, nicht nur wie man die Schalttafel zum Verdrahten aufbaut, sondern wie man auch die Endmontage macht .

Also den Schaltkasten, die Bedienung, die Schalter und Sensoren in die Maschine einbaut.

So kam es, dass ich meinen Kollegen Luigi mit allerhand für Fragen bombardierte.

„Nach der Art wie du fragst", sagte er mir einmal, „kann ich schließen, dass du was im Kopf hast."

Das hat mir sehr geschmeichelt.

Aus dem Drang bis ins kleinste Detail alles richtig zu machen, stellte ich aber wahrscheinlich zu viele Fragen.

Denn an einem Tag, als ich bei der Endmontage auf eine Schwierigkeit stieß, holte ich Luigi an die Maschine, fragte ihn mancherlei und bat ihn mir zu zeigen, wie ich die Sache in Griff kriege.

Er erklärte mir wie man vorzugehen hat, richtete

sich aus der Hocke auf und sagte:

„Und jetzt, mein Lieber, geh' ich aufs Klo. Wenn du wissen willst wie man auch *das* in Deutschland richtig macht, komm mit, ich zeig' es dir!"

Wir lachten lautstark zusammen.

Ein toller, lustiger Kerl dieser Luigi! Und wie alle Italiener schwätzte er viel und gerne, freilich auch unter Einsatz seiner Händen.

Immer wieder füllte er, in den Pausen, mehrere Lottoscheine aus nach einem eigenen System, in der Hoffnung, dass er mal soviel Geld gewinnt, um sich eine kleine Jacht davon kaufen zu können.

Den Bootschein hatte er schon: Mit anderen Worten, das Hufeisen besaß er schon, es fehlte nur noch das Pferd!

Zwei, drei Jahre bauten wir zusammen den selben Maschinentyp und kamen sehr gut miteinander aus. Einmal sagte er mir, er würde mir empfehlen den Elektronikpass zu machen. Er hatte zusätzlich zur Lehre auch so eine Fortbildung gemacht.

Ich rief dann bald beim Ausbildungszentrum in Schaalen an, eine Nachbarstadt dreißig Kilometer von Edenheim, und meldete mich bei dem Kurs für diesen Pass an.

Als mein Kollege Siegfried das mitbekam, entschloss er sich auch mitzumachen.

So fuhren wir drei Jahre lang zusammen, nach der Arbeit, dreimal in der Woche, in den Kurs nach Schaalen. Bestanden beide die Prüfungen und ich war stolz beweisen zu können, dass ich im Stand war, eine Ausbildung auch in Deutschland zu absolvieren.

Siegfried machte zusätzlich weiter noch einen My-kro-Computerkurs. Man hatte mir ihn auch angeboten aber ich fand das zu kompliziert für mich und solche Kenntnisse brauchten wir auch nicht für unsere Arbeit in der Firma.

*

Während den ersten zwei Jahren nachdem wir im Westen angekommen waren, erschütterten zwei oder drei Attentate der RAF die Gesellschaft der Bundesrepublik.

Die Berichte der Medien haben mich übermäßig schockiert.

Ich wusste nicht was los ist, wie so eine Brutalität möglich war.

Ich fragte den Luigi danach.

„Das sind Verrückte, Martin. Skrupellose Verrückte", antwortete er mir.

Aus den Medienberichten erfuhr ich, dass auch früher, in den siebziger Jahren, manche große Führungspersönlichkeiten aus der Wirtschaft und dem Bankenwesen solchen Attentaten zum Opfer gefallen waren.

Was steckte hinter dieser Brutalität?

Wohin war ich gelandet?

Ich entschloss mich in die Bibliothek zu gehen, da gibt's bestimmt Bücher über diesen Aspekt der Gesellschaft, sagte ich mir.

Nach langem Suchen fand ich im Untergeschoss

der Bibliothek, in einem Regal, ein paar Büchlein über die RAF.

Ich traute mich nicht, sie nach Hause zu nehmen, denn ich musste sie dann auf meinen Namen registrieren lassen und ich ahnte, dass diese RAF-Sache nicht unbedingt ein Tabu, aber eine sehr heikle Angelegenheit war. Und ich wollte mich hüten, dass man mich auf eine oder die andere Art mit ihr in Verbindung bringen könnte.

(Jetzt, im Nachhinein glaub' ich, dass ich schon in der Diktatur zum Paranoiden wurde oder ich hatte immer zu viel Phantasie.)

Ich hatte schon bereut, dass ich den Band mit den staatskritischen, anarchischen, Gedichten auf meinem Namen hab registrieren lassen.

Irgendwie sagte mir etwas, dass auch hier in diesem freien deutschen Staat, manche Bücher auf einer gewissen „Liste" standen und wer Interesse an solchen Büchern zeigte, *negativ* auffiel.

Das politische System aus dem ich geflohen war, befand sich ja mit dem westlichen im „kalten Krieg" und dieses musste selbstverständlich *auch* wachsam bleiben.

Also stand ich da an dem Regal mit den Büchern über die RAF und nahm mir vor, hier an Ort und Stelle, sie durchzublättern und zu überfliegen.

Im Raum waren noch andere zwei, drei Leute zwischen den Regalen.

Ich las schon seit längerer Zeit vertieft in so einem RAF-Buch und als ich umblätterte, hob ich die Augen und sah in der Tür etwa sieben, acht Meter

44

von mir entfernt einen Mann mittleren Alters, in einem langen Lodenmantel, so wie die Agenten des Geheimdienstes in den Filmen tragen.

Unsere Blicke trafen sich, er lächelte und nickte kurz als würde er mich grüßen.

Ich nickte zurück und vertiefte mich wieder ins Lesen.

Nach kurzer Zeit (der Mann war aus der Tür verschwunden) legte ich das Buch zurück und ging nach Hause.

Aufschlussreiches hatte ich über die RAF nicht erfahren und ich suchte auch nie wieder in der Bibliothek das Regal mit Büchern zu diesem Thema auf.

Das war ungefähr im Jahr 1986.

Erst viel später, nachdem sich die RAF aufgelöst hatte (circa 1992), erfuhr ich aus den Medien, dass diese Terrororganisation den Kampf gegen den Imperialismus und Kapitalismus aufgenommen hatte und versucht hat, in der BRD zu verbreiten und durchzusetzen was Fidel Castro und Che Guevara in Kuba angefangen hatten.

Damals, 1986, war mir eigentlich auch klar, weil die Persönlichkeiten die zu der Zeit der RAF zum Opfer fielen, Industrielle oder Bankiers waren, dass die RAF gegen das System der BRD agierte.

Ich war aber erschrocken von der brutalen Art der Attentate in einem wohlhabenden Deutschland und das noch im zwanzigsten Jahrhundert!

Es ging mir einfach nicht in den Kopf rein.

Es war eine Sache welche die Medien trefflich als

„Wunde in der deutschen Gesellschaft"
bezeichneten.
So fragte ich mich, was für Ausmaße wird dieser
Konflikt noch nehmen?
Mit was für Folgen für uns alle?
Viele Fragen hallten in meinem Kopf nach und ich
konnte sie jahrelang nicht beantworten.
Hatte eigentlich auch dieses freiheitliche System,
nicht nur der Kommunismus, spezifische Mängel,
wenn solche erschütternde, blutige Gewalttaten
möglich waren und so große Persönlichkeiten einfach hingerichtet wurden?

Man könnte denken, dass dieses Thema für einen
kleinen Elektriker wie ich, ein paar Nummern zu
groß war.
Aber wegen einem unmenschlichen politischen
System musste ich, schweren Herzens, meine *Heimat* verlassen in der wir, Siebenbürger Sachsen,seit
achthundertfünfzig Jahren verwurzelt waren und
ich wollte im Detail wissen *wohin* ich gelandet bin.
Was ist das für ein System?
War ich vielleicht aus dem Regen in die Traufe gelangt?

Ich ahnte, dass die RAF ein sehr heikles Thema
war und hab' in der Arbeit, außer meiner Frage an
Luigi, niemanden gebeten mir näheres zu erklären
was diese Terroristen eigentlich verfolgten.
Aber an einem Tag, als ich an zwei Kollegen aus
der Zerspannungshalle vorbei ging, hörte ich wie
einer von diesen zu dem anderen sagte:

„Ja, wenn das so ist, dann wechseln wir halt rüber, zu den Terroristen!"
Das blieb mir lange Zeit im Kopf hängen aber ich wusste nicht über was sie diskutiert hatten.

Ungefähr zur gleichen Zeit machte man im Fernsehen oder in der Lokalzeitung (ich kann mich nicht mehr genau erinnern) Werbung für ein Buch des österreichischen Universitätsprofessor Friethjof Capra das den Titel trug „Bausteine für ein neues Weltbild".
Der Titel weckte mein Interesse und so ging ich in die Buchhandlung um es mir zu kaufen aber es war nicht vorrätig. Die Verkäuferin sagte, sie könnte es mir bestellen aber ich müsste meinen Namen angeben und meine Adresse.

„Das können sie gerne alles haben", stimmte ich lächelnd zu. Doch gleichzeitig kam mir der Gedanke, dass auch dieses Buch auf einer gewissen „Liste" stand mit anderen Büchern die von „heiklen" Themen handelten. Und dass diejenigen, die Interesse an diesen Büchern zeigten, weiter dem Geheimdienst gemeldet werden.
Brauchte deswegen die Verkäuferin meinen Namen und Adresse??
Nach zwei, drei Tagen holte ich das Buch ab (es war ein fünfhundert Seiten dicker „Brummer") und schon wie ich anfing es zu lesen, begriff ich, dass der Autor links gerichtet war und für die Abkehr vom Kapitalismus plädierte.
In einer Passage aus dem Buch versuchte er auch die Haltung der RAF zu rechtfertigen.

Das wunderte mich, weil er ja Universitätsprofessor war, also für mich eine glaubwürdige Instanz. Während ich las, unterstrich ich mit dem Bleistift gewisse Passagen die mir aufgefallen waren und als ich das Buch fertig gelesen hatte, legte ich es irgendwohin zu meinen anderen und vergaß mit der Zeit von ihm.

*

Nach ungefähr zwei Jahren Beschäftigung in der Firma war es dann so weit, dass ich nun im Allgemeinen wusste was richtige Arbeit heißt.
Mit anderen Worten: Ich konnte selber Entscheidungen treffen wie ich das eine oder das andere zu machen hab'.
Ich verglich mich mit den anderen und war zufrieden. Trachtete so zu schaffen, dass bei Feierabend, ich mich selbst überzeugen konnte, dass ich an dem Tag was ordentliches geleistet hatte, denn es gab viel zu tun und ich hatte mir von Anfang an vorgenommen, so schnell wie möglich zu arbeiten.
Manchmal, ganz selten, machte ich auch einen Fehler, aber keinen großen. Im Eifer des „Gefechts" greift man auch mal daneben, doch das charakterisierte mich nicht.
   An einem Tag, als ich allein in einer Ecke zwischen den Lagerregalen mich befand, kam mein Kollege Felix zu mir und sagte mit gesenkter Stimme:
   „Martin, du sollst entweder langsamer schaffen

oder beim Fertigungsleiter um einen höheren
Stundenlohn vorsprechen. Du machst unsere ganze
Sache hier kaputt und sollst dich nicht unterbuttern
lassen. Die machen mit dir Dumping!"
Ich wusste, dass ich manches schneller als andere
fertig kriegte aber ich hatte immer den Eindruck,
dass ich eigentlich nicht genug leiste, wollte nicht
die *anderen* übertreffen sondern mich selbst.
Was die anderen verdienen, wusste ich nicht und
hab' auch bis ich in Rente trat, niemanden danach
gefragt, aber auch ohne Absicht, hab ich mit der
Zeit erfahren wie der eine oder der andere ent-
lohnt wurde.
Langsamer schaffen konnte ich nicht, denn meiner
Meinung nach wär' das aufgefallen. Also versuchte
ich vorzusprechen um etwas mehr Geld.
Aber ich war im Reden und Argumentieren
ungeschickt schon wegen meinen geringen
Deutsch-Kenntnissen, doch hatte ich mitbekommen, dass es in dieser Gesellschaft drauf ankam
wie du dich verkaufen kannst.
   Erinnern kann ich mich nicht mehr wie ich meine
Bitte um mehr Geld in Worte fasste, aber der Personalchef sagte mir, dass ich noch frisch in der Firma wär', ich keine besondere Erfahrung hätte und
wenn ich mehr Geld bräuchte, könnte ich ja Über -
stunden machen. (Was ich ja jeden Tag eigentlich
schon tat.)
Ich ahnte und befürchtete, dass meine Unfähigkeit
mich richtig zu verkaufen, zu Spannungen führen
könnte zwischen mir und den Kollegen.

Entschloss mich aber, so zügig wie möglich zu arbeiten in der Hoffnung, dass man mir dann auch den Lohn mal erhöhen wird. Ich hoffte auch gleichzeitig, dass ich mich deswegen nicht *zu* unbeliebt bei den Kollegen machen werde.

Dass mich Felix nicht mit guten Augen ansah, erinnerte mich an die Worte des Personalchefs, als er mich einstellte:

„Versuchen Sie Ihre Kollegen zu versteh'n, sie sind Kinder ihrer Zeit."

*

Mit den Lohnerhöhungen hatte ich es auch in Rumänien nicht einfach.

Deswegen trat auch ich in die kommunistische Partei ein, so hatte ich bessere Chancen hin und wieder mal eine Lohnverbesserung zu erhalten und man bekam auch leichter eine Mietwohnung zugeteilt. Denn ich brauchte auch so was, weil ich unlängst geheiratet hatte.

Hinzu kam noch, dass mir mein Freund Eugen, der Leiter des Literaturkreises war, geraten hatte in die Partei einzutreten denn wenn ich mal ein Buch veröffentlicht habe, würde man nur noch schwer Mitglied werden können.Und wer schriftstellerisch tätig und Parteimitglied war, konnte leichter seine Bücher veröffentlichen.

Mir war bewusst, dass in so einem System man einen gewissen Preis oder Loyalitätszoll zu zahlen hatte, um was erreichen zu können.

Als ich mal bei meinem Meister Stollmaier, der Banater Schwabe war, um eine Lohnerhöhung vorsprach, sagte er mir:

„Martin, du musst warten bis all die anderen aus der Werkstatt eine Erhöhung bekommen. Auch wenn du sie *jetzt* schon verdienst, kann ich dir sie nicht geben, sonst denkt die Betriebsleitung, ich würde dich fördern nur weil du *auch* Deutscher bist wie ich."

Ich erzählte das meinem Kollegen Valentin, der den maximalen Lohn schon hatte und der sagte mir:

„Wenn es so ist, Martin, dann schaffst du halt langsamer."

Was ich auch machte, denn manche, aus anderen Abteilungen, wenn sie sich unterbezahlt fühlten, machten das Gleiche.

Man tat so, als würde man arbeiten und die Betriebsleitung tat so, als würde sie uns bezahlen.

Es herrschten halt in *der* Gesellschaft keine klaren Verhältnisse. In Deutschland sagt man: „Strenge Rechnung, gute Freundschaft."

In Rumänien wenn man auch nur zum Zahnarzt ging, musste man diesen mindestens mit einem Päckchen ausländischer Zigaretten oder Kaffee „schmieren" sonst war zu erwarten, dass man nicht richtig behandelt wurde.

Wenn ich in so einer Situation war und jemanden „schmieren" musste, hatte ich nachher immer den Eindruck ich hätte ihm nicht genug gegeben.

So fühlte ich mich immer schuldig und wenn ich dem Arzt das Geschenk überreichte, wurde ich je-

des Mal rot im Gesicht. Irgendwie schämte ich
mich und benahm mich sehr linkisch, grad weil es
was Unnatürliches war.

*

Meine Frau, meine liebe Dolores, hatte ich auf einer Konfirmationsfeier in ihrem Ort, Petersdorf,
kennengelernt. Sie war siebzehn und wunderschön.
Ich war neunzehn und in meinem letzten Ausbil-
dungsjahr am Werkgymnasium in Cugir. Somit be-
gannen wir einen regen Briefwechsel und am Wochenende fuhr ich meistens zu ihr.
So viele schöne Leute wie in Petersdorf hatte ich
bis dahin,, noch nie auf einem Haufen geseh'n:
Ganz tolle Mädels und Jungs und mancher konnte
Saxophon spielen, andere Akkordeon oder Gitarre.
Ich weiß auch heut' nicht, wieso meine Dolores
ausgerechnet mich, bei so einem Angebot, ausge-
wählt hat. Ich war keine Schönheit, konnte bloß
Mundharmonika spielen weil die billig zu kaufen
war und ich mir das schon mit neun Jahren selbst
beigebracht hatte.
    Aber wahrscheinlich haben es ihr meine Liebes-
briefe angetan. Solche schrieb ich ihr zwei, drei in
der Woche und jeder war ein paar Seiten lang.
Jahrzehnte später erfuhr ich, dass meine
Schwiegermutter alle meine Briefe *auch* las und sie
sogar der Nachbarin zum Lesen brachte, die Lehrerin war.

Nach einer Zeit, hätte diese zu meiner Schwiegermutter gesagt:

„Nachbarin, so einen Schwiegersohn würde ich
mir auch wünschen!"
Als meine Schwiegermutter mir das dreißig Jahre
später erzählte, hat es mir sehr geschmeichelt, denn
ich hatte die ganze Zeit das Gefühl, dass ich für
meine Dolores nicht gut genug bin.

*

Bei „Voltac" hatte ich einigermaßen meinen eigenen Arbeitsstil gefunden, indem ich mich zum Teil
nach der Arbeitsart meines Meisters richtete und
zum Teil meinem Kollegen Siegfried (wir nannten
ihn auch Siegi) nacheiferte. Er war fünf Jahre älter
als ich.
Siegi war nicht nur Elektriker, sondern ein Künstler.
Seine verdrahteten Schalttafeln waren regelrechte
Kunstwerke: Von jedem Schütz oder Relais zog er
die Drähte straff und perfekt parallel in die Kunst-
stoffkanäle rein. Sogar drin in den Kanälen waren
die Drähte parallel verlegt, obwohl zum Schluss
ein Deckel drüber angebracht wurde und das niemand mehr sah.
Gab es eine Brücke zwischen zwei Schützanschlüs-
sen, waren die Drahtbögen von dieser perfekt auf
neunzig Grad gemacht.
Wenn Siegi eine Schalttafel fertig hatte, war diese
ein regelrechter Augenschmaus.

Nur war das Ganze selbstverständlich auch zeitaufwendig.

Georg, unser Meister, ging etwas anders vor: Er schaffte zügig, achtete nicht so pingelig genau, wie Siegi, auf die Optik, bemüht, *voran* zu kommen. Zum Schluss sah aber auch seine Arbeit optisch nach was aus, nach der Hand eines Fachmannes. Ich wählte den mittleren Weg zwischen diesen meinen zwei Idolen: Etwas von der Optik von Siegi und einen größeren Teil von der Zügigkeit meines Meisters.

Denn weil wir viele Aufträge hatten, war es sehr wichtig, dass die Maschinen so schnell wie möglich fertig wurden.

In diesem Zusammenhang kommt mir eine Szene aus einer Zeit in den Sinn, als sehr, sehr viel zu tun war und der Georg sich dem Siegi näherte, der wieder eine Schalttafel in seiner perfektionistischen Manier verdrahtete und ihm mit einem ernsten Ton sagte:

„Mach einmal, Siegfried! Es pressiert!"

„Ich mach so wie ich es gelernt hab'!", antwortete dieser leicht irritiert.

Auch sonst war Siegfried ein Könner.

Wenn Installationsarbeiten fällig waren, eine Neonleuchte an die Decke, eine Steckdose oder ein Verteilerkasten an die Wand zu montieren waren, machte meistens er das. Und auf so eine Art, dass es wie im Bilderbuch aussah.

Hatte eine Drehbank oder Fräsmaschine in der Zerspanungsabteilung einen Defekt, brachte auch

Siegi das in Ordnung.

Oft war in solchen Fällen, weil manche Maschinen alt waren, Improvisationstalent gefragt und Siegfried war auch in dieser Hinsicht ein Künstler. Seine Selbstständigkeit und sein Geschick musste man einfach bewundern.

Und ich hatte schon immer gerne Leute um mich von denen man was lernen konnte. Wir respektierten uns gegenseitig, nur der Felix machte mir Sorgen, weil er mich so kritisch betrachtete.

Auf einem Stadtfest erzählte ich mal einem Bekannten, dass mich ein Kollege nicht mit guten Augen ansah weil ich mich angeblich zu billig verkaufte. Der Bekannte war viel älter als ich und sagte mir:

„So ist es in den kleinen Firmen. Versuch in eine größere reinzukommen, da wird man auch besser bezahlt."

An so was konnte ich nicht denken.

Wir, Sachsen, waren schon immer treue Hunde: Hatte sich ein Herr uns mal angenommen, blieben wir ihm ergeben und schauten uns nicht nach einem anderen um.

Die späteren Ereignisse aus meiner Vita sollten dann den Beweis erbringen, dass der Entschluss meiner Firma treu zu bleiben, richtig war.

Denn nur dank ihr und meiner lieben Dolores, bin ich heut' noch am Leben.

*

Irgendwann, im Jahr 1986, fand ich im Briefkasten unsere ersten Wahl-Benachrichtigungen.

Endlich werden wir mal frei wählen dürfen!

An einem Sonntagnachmittag gingen wir zum Wahllokal, gaben unsere Stimmen ab und fuhren anschließend gleich zu meinem Schwager.

„Na, ward ihr wählen? Wen habt ihr gewählt?" fragte dieser uns, neugierig.

Ich antwortete:

„Die SPD, unsere Partei der Arbeiter."

„Was? Ihr wählt auch hier die Roten?! Ihr sollt den Kohl wählen, die CDU, das ist die Partei der Arbeitgeber. Die geben uns Arbeit!", erwiderte er sichtlich verärgert über mich.

Ich hatte halt auch andere Gründe die SPD zu wählen. Und zwar im Namen von Willy Brandt und Helmut Schmidt.

Brandt hatte die politische Öffnung nach Osten initiiert, und Schmidt hatte Anfang der achtziger Jahre, während eines Besuchs bei Ceausescu, für eine schnellere Ausreisegenehmigung für die Siebenbürger Sachsen verhandelt, die in die BRD ziehen wollten.

Zu diesem Thema sprach sich in Rumänien auch ein Witz herum. Der ging ungefähr so:

Helmut Schmidt kommt nach Rumänien und wird von Ceausescu mit Staatsehren empfangen.

Also tritt er mit diesem vor die Nationalgarde und sagt:

„Guten Tag, Soldaten! Ich bin gekommen nach den Sachsen."

Darauf hätte die Garde im Chor geantwortet:
„Sie sollen leben, Herr Schmidt!
Wir kommen alle mit!"

*

Der Scheibenschneider, also die Maschine die
hauptsächlich ich zusammen mit Luigi baute, war
noch in Entwicklung. Das heißt, immer wieder kam
noch eine neue, zusätzliche Funktion hinzu.
Und weil das technische Büro arg unterbesetzt war,
entwarf Luigi die entsprechenden Erweiterungen
der elektrischen Schaltung.
Er war ein „Cleverle", wie der Schwabe sagen würde, hatte ein gutes fachmännisches Denken und
zeichnete immer wieder, selbstständig, seine Ergänzungen in den Schaltplan rein.
Neben ihm, an meinem Platz, machte ich *meine* Arbeit, aber ich hätte von Anfang an mich auch mit so
was gern beschäftigt. Ich sagte mir, ich hätte die
Neuerungen im Elektroplan eben sorgfältiger
reingezeichnet, denn der Plan musste ja vom
technischen Zeichner neu gezeichnet werden.
Ich sprach ihn mal in dieser Hinsicht an, ob man
diese Neuerungen nicht „lesbarer" in den Plan
zeichnen müsste.
„Es ist doch lesbar genug, Martin", antwortete
mir Luigi.
„Der Zeichner wird sich schon zurecht finden.
Wir müssen schauen, voran zu kommen, keine Zeit
unnötig zu verlieren.

Es gibt viel zu tun, Baby!", schloss er lachend und klopfte mir kameradschaftlich auf die Schulter. Und er verlor tatsächlich keine Zeit: Er war der schnellste unter uns, auch dann wenn er eine andere Maschine, als den Scheibenschneider, zu bauen hatte.

Ich schätzte ihn aus dieser Ansicht, aber es war mir längst schon aufgefallen, dass er sich für die Optik seiner Arbeit, ein wenig mehr Zeit hätte nehmen sollen. Ihm war es egal, auch wenn die Schalterkabel im Innenraum der Maschine nicht schön, parallel, verlegt waren. Er befestigte sie schnellstens, irgendwie, mit Kabelbinder und ihm war eigentlich wichtig, dass die Maschine *funktionierte.*

Nach ungefähr drei Jahren, in denen wir zusammen geschafft hatten, kam er an einem Morgen betrübt in die Firma und erzählte uns, dass sein Vater gestorben wär' und er zurückkehren müsste nach Italien. Freilich, samt seiner Familie, also Kinder und Frau, die eine Schwäbin war.

Es tat mir leid, dass er demnächst nicht mehr unter uns sein würde, denn mit seiner lockeren, lustigen Art hatte er viel zu einem entspannten, guten Betriebsklima, nicht nur bei uns Elektriker, beigetragen.

Wir sammelten Geld, kauften ihm ein Abschiedsgeschenk und an seinem letzten Tag bei uns, kam der Firmenchef ebenfalls mit einem großen Geschenkkorb, überreichte ihn ihm und bedankte sich bei Luigi für seinen langjährigen Einsatz in der Firma.

Mit Tränen in den Augen verabschiedete sich dann
Luigi von uns und ging.

*

Schon vom ersten Tag, als wir uns kennenlernten,
hatten wir uns einen den anderen ins Herz geschlossen.
Und wie wir damals noch im Übergangswohnheim
wohnten und als frisch Angekommene es uns an
manchem fehlte, schenkte Luigi mir einen älteren
schwarz-weiß Fernsehapparat, denn wir hatten
noch kein Geld, uns selber einen zu kaufen.
Etwas später, als uns mein Onkel aus Dreieich besuchte, brachte er uns einen größeren, gebrauchten
Farbfernseher. In Rumänien gab es zu der Zeit sowas noch nicht. Den Farbkontrast konnte man an
diesem Gerät nicht mehr richtig regeln und manchmal fiel auch der Ton aus.
So stellte ich diesen Farbfernseher mit ausgeschal-
tetem Ton auf Luigis schwarz-weißem Gerät und
weil bei diesem der Ton in Ordnung war, ließen wir
sie beide laufen.
Nur mussten wir bei beiden Apparaten den selben
Sender einstellen und das gelang uns meistens nur
nach längerem Suchen. Aber wir waren auch so
froh, denn nun hatten wir nach der Arbeit eben
Zerstreuung und Unterhaltung.

*

Der Mann von der Schwester meiner Frau, also mein Schwager Michael, war elf Jahre älter als ich und war mit Familie, vier Jahre vor uns, nach Deutschland ausgereist, als hier eine gute Konjunktur herrschte.

Er fand gleich Arbeit als Schlosser in der größten Firma aus Edenheim, mit etwa viertausend Beschäftigten.

Ich hatte ihm auch von den Spannungen zwischen mir und manchem Arbeitskollegen erzählt und da sagte er mir, dass er schon vom ersten Tag, aus dieser Hinsicht, viel Glück hatte.

Am ersten Tag hatte ihm sein Meister als Arbeitsprobe eine größere Pumpe auf die Werkbank gestellt, er soll sie auseinander nehmen und dann wieder zusammenbauen.

Michael hatte die Pumpe sofort erkannt, denn die gleiche hatte er jahrelang in der Papierfabrik in Petersdorf, in Rumänien, vor der Ausreise, immer wieder reparieren müssen.(Die Papierfabrik hatten auch deutsche Firmen vor Jahrzehnten in Petersdorf gebaut.)

So war es jetzt für ihn ein Leichtes, in kürzester Zeit, die altbekannte Pumpe zu zerlegen und wieder zusammenzubauen.

Sein Meister war hoch zufrieden und mein Schwager wurde von Anfang an mit einem beachtlichen Stundenlohn eingestellt. Er sagte mir auch, dass in seiner Firma, im Allgemeinen, die Schlosser besser bezahlt wären als die Elektriker.

Er war hin und wieder auf Montage im Ausland
und verdiente, mir gegenüber, sehr gut. Konnte
sich von Anfang an leisten, neue, deutsche Autos
zu fahren, nicht gebrauchte, ausländische, wie ich.
Immer wieder machte er mit seiner Familie Urlaub
und sie fuhren auch jedes Jahr in die Heimat, nach
Petersdorf.
Weil wir in den ersten fünf Jahren nicht nach Rumänien einreisen durften, habe ich ihn sehr benei-
det deswegen.
Jedes Mal, wenn sie dann zurück kamen, besuchten
wir sie sofort und ließen uns erzählen, wie es unseren Leuten in der Heimat ging.
Als sie nach so einem Besuch wieder nach
Edenheim zurückgekehrt waren und wir sie
aufsuchten, sagte mir mal mein Schwager:
   „Martin, sie haben mich nach Mühlbach (eine
Stadt neben Petersdorf) auf die Polizei gerufen und
mich nach dir gefragt: „Was für Dinge dreht Ihr
Schwager, der Szegedi, in Deutschland?"Ich
konnte ihnen nicht was anderes sagen als, dass du
in die Arbeit gehst."
Also hatte mich die Securitate nicht vergessen und
interessierte sich um mich, schloss ich daraus.
So nahm ich mir vor, in Deutschland mich so un-
auffällig wie möglich zu verhalten, um keinen von
unsern in der Heimat verbliebenen Anverwandten
zu schaden.
Im deutschen Fernsehen waren damals der banater
Schriftsteller Richard Wagner mit seiner Frau, die
spätere Literatur-Nobelpreisträgerin, Herta Müller,

gezeigt worden, die ausreisen mussten weil ihnen
in Rumänien Publikationsverbot auferlegt wurde
und die Securitate sie arg bedrängt hatte.
Sie erzählten in den deutschen Medien, ganz offen,
über ihre Probleme mit dem rumänischen Staat und
von der allgemeinen schlechten Lage in der sich
das Land befand.
Ich bewunderte ihren Mut, sie waren Helden für
mich.
Gleichzeitig sagte ich mir: „Du kannst das nicht
machen, du hast noch deine Anverwandten in der
Heimat, in der Reichweite der Securitate. Und dazu
noch, kannst du schon allein wegen deinen be-
grenzten deutschen Sprachkenntnissen, bezogen
auf die Komplexität der Problematik, in den Medien nicht auftreten.
Du musst dich einfach gedulden, das Zeug zum
Helden hat nicht ein jeder."

*

Ich hätte *auch* Signifikantes in den deutschen Medien erzählen können, besonders weil mir schon
am ersten Tag in der Firma ein schwäbischer
Schlosserkollege, in Anwesenheit anderer, irgendwie, vorwarf:
    „Ihr seid doch nur wegen unserem Wohlstand,
nach Deutschland gekommen."
Ich antwortete ihm:
    „Ich wär' auch auf den Mond ausgewandert wenn

es möglich gewesen wär', man dort hätt' leben können und ich die Mondsprache beherrscht hätte."
Der Vorwurf hat mir sehr weh getan, aber ich
musste schweigen. Lange Zeit musste ich schweigen und zwar sechs Jahre lang, bis Dezember 1989,
als in Rumänien die Diktatur blutig abgeschafft
wurde.

Erst dann hab' ich mich endlich getraut, manchem
einheimischen Bekannten von den Problemen zu
erzählen, die ich im Kommunismus hatte.

Dass ich Gedichte geschrieben hab', dass mein
Buch „Das Fortziehen der Dichter" einen Preis erhielt, der darin bestand, dass es veröffentlicht hätt'
werden sollen.

Und dass der Verlag es doch nicht herausgegeben
hat, weil ich mehrere Gedichte, die politisch nicht
auf der Linie waren, nicht ändern wollte.

Aber meinen Arbeitskollegen hab' ich davon
nichts erzählt. Ich wollte nicht, dass man in der
Firma erfährt, ich würde in meiner Freizeit auch
Gedichte schreiben.

Ich stellte mir vor wie man dann über mich hätte
lästern können:

    „Was, der Kleine da aus Rumänien, der nicht mal
richtig Deutsch sprechen kann, der behauptet er
würde Gedichte schreiben?!"

Und zugleich tröstete ich mich:

    „Meine Zeit wird auch mal kommen. Aber erst
muss ich *schreiben*. Ich muss eine konsistente, sub-
stanzielle Leistung vorzeigen können, nachweisen,
dass ich Lesenswertes in die Welt setzen kann und

nicht nur eine literarische Eintagsfliege bin."
So arbeitete ich fast jede Nacht, nachdem ich aus der Firma kam, bis spät, hartnäckig, an der Übersetzung meiner rumänischen Gedichten und strengte mich an, neue, in deutscher Sprache zu verfassen.

*

Geschmerzt hat mich in den Anfangsjahren unseres Lebens in Deutschland auch, dass viele einheimische Mitbürger uns nicht als Deutsche oder Deutschstämmige ansahen, sondern als Rumänen.
Wie alle Siebenbürger Sachsen, war auch ich immer schon stolz gewesen, deutscher Herkunft zu sein und in diesem Bewusstsein wurden wir von klein auf, in den Familien großgezogen. Wir lebten zwar in Rumänien, aber die Bibel im Haus war seit Generationen und Generationen in deutscher Sprache, jeden Sonntag hielt man in der Kirche den Gottesdienst in deutscher Sprache, die „Neuer Weg" war unsere Zeitung in deutscher Sprache und in den ersten vier Grundschulklassen erhielt ich deutschen Unterricht (meine Frau sogar acht Grundschulklassen).
Als Kind mahnte mich mein Großvater: „Du musst schauen und dich anständig benehmen, nichts Schlechtes anstellen und immer ehrlich und korrekt sein. Du bist ein Sachse und darfst uns nicht zur Schande machen!"

In meinem ersten rumänischen Personalausweis
stand drin: Staatsangehörigkeit: Rumänisch; Na-
tionalität: Deutsch; Muttersprache: Deutsch.
Jetzt kamen wir nach Deutschland und für viele
„Hiesige" war nichts mehr deutsch an uns, nachdem wir in Rumänien 850 Jahre lang unsere
Identität, allen Wirren der Geschichte zum Trotz,
bewahrt haben.
Diejenigen die uns für „Rumänen" hielten, kannten unsere Geschichte nicht. Man warf uns in den
selben „Topf" mit den anderen Flüchtlingen aus der
restlichen Welt, glaubend, dass wir für die deutsche
Gesellschaft auch eine Last sind.
Aber mit der Aufnahme der Siebenbürger Sachsen hat Deutschland kein nachteiliges sondern ein
gutes Geschäft gemacht: Ich kenn keinen von
meinen Landsleuten, und hab auch von keinem
gehört, der einen Deutschkurs besuchen hat müssen, und wir sind, mittlerweile, an die 250 000
Siebenbürger Sachsen in der BRD.
Gleich nachdem die Einwanderungsformalitäten
erledigt waren, hat man eine Arbeit angenommen.
Denn der allergrößte Teil meiner Landsleute hatte
auch eine Berufsausbildung im Gepäck und alle
eine gute Arbeits- und Einsatzmoral.
Und wenn man Arbeit hat, dann kriegt auch für
Neuankömmlinge das Leben Struktur und wird
zügig alles gut.
So stumpfte auch ich mit den Jahren ab, es tat
immer weniger weh wenn ich merkte, dass man
mich für einen Rumänen hielt.

Auf eine Art musste ich auch mir selbst gegenüber
eingestehen, dass ich eigentlich auch ein „Flüchtling" war. Ich war doch aus der Diktatur
GEFLÜCHTET!

So übernahm ich diesen Begriff und wenn ich
unterwegs war, zum Beispiel, um mir ein Auto zu
kaufen und im Autohaus der Verkäufer fragte was
ich wünsche, formulierte ich ihm das ganz klar:
„Ich such ein Auto aus der Mittelklasse, mit
maximal 90 PS aber es soll einen großen Kofferraum haben, denn ich bin Flüchtling!"

Da hat man gleich gelacht und man wusste mit
wem man es zu tun hatte.

Es ist mir, auf deutsch gesagt, Scheiß egal für was
andere mich halten!

Ich schäm' mich meiner Herkunft nicht.

Warum sollte ich auch?!

Hermann Oberth, der sogenannte „Vater der
Raumfahrt", ist auch ein Siebenbürger Sachse
gewesen!

Er wurde vor 125 Jahren in Hermannstadt geboren
und beschäftigte sich schon als Schüler, in Rumänien, angeregt durch die Werke Jules Vernes, mit
der Theorie der Raketen und der Durchführbarkeit
von Raumflügen. Studierte Medizin und Physik,
war viele Jahre Lehrer und dann Gründer der
wissenschaftlichen Raketentechnik und der Astro-
nautik.

Seine Doktorarbeit „Die Rakete zu den Planeten-
räume", aus dem Jahr 1922, gilt als visionäres
Meisterwerk und beeinflusste weitere

Raketenpioniere wie Wernher von Braun oder
Eugen Sänger.
Anfang der dreißiger Jahren zog er nach Deutsch-
land wo ihm mit 44 Jahren die Raketentechnik zum
Hauptberuf wurde und 1961 ihm das Bundesver-
dienstkreuz verliehen wurde.
Nein, ich fühl' mich nicht minderwertig, auch
wenn ich nicht hier geboren bin!
Wobei, wenn ich gut überlege, ich im Nachhinein
feststellen muss, dass man uns in der Diktatur den
Zweifel-an-uns-selbst, methodisch getarnt aber
konsequent eingetrichtert hat.

ÜBER SELBSTKRITIK

Der totalitäre Staat
hat stets um seine Macht gebangt,
Systemkritik war eine Straftat,
doch um so mehr wurde verlangt ,

dass man Selbstkritik wohl übe,
als reuiges Parteimitglied,
das sich, irgendwie, ins Trübe,
vor seinen Pflichten zurückzieht.

Und so was hat Schule gemacht,
man drängte manche auch dazu.
Gewissensbisse, über Nacht,
verschwanden und es gab halt Ruh'.

In Sitzungen nahm man sich vor,
vor allen andern, sich zu bessern:
nicht mehr den eigenen Komfort,
selbstgefällig, zu vergrößern.

Die Ob'ren strebten ungebremst,
schlechtes Gewissen uns zu machen,
man kann ein Volk besser bewachen,
je mehr zweifeln an sich selbst.

So wurde uns früh anerzogen
der Selbstzweifel und eingepaukt,
wo man, ja, Selbstvertrauen braucht
auf des Lebens rauen Wogen!

Mit diesem Handycap einer gewissen Minderwertigkeit, sind viele aus dem Kommunismus in den Westen ausgewandert.
So hatte der Kapitalismus mit uns ein um so leichteres Spiel: Wir hatten keine große Erwartungen, stellten keine besondere Ansprüche was den Verdienst betrifft und waren dankbar auch für den niedrigsten Einstiegslohn.
Wir waren froh, dass wir endlich freie Menschen waren!

Und was das Materielle betrifft, hatte man auch keine Sorgen mehr. Viele, die auf so was ausgerichtet waren, konnten sich von nun an das „Glück" einfach kaufen: Es gab in den Läden ein Überangebot an tollen Geräten und allerhand „schicken" Sachen, eine schöner als die andere. Und das bei erschwinglichen Preisen!
Was will man mehr?

*

In der Arbeit, bei „Voltac" hatte sich inzwischen manches geändert. Weil die Auftragslage sehr gut war, stellte man noch andere drei Elektriker ein: den Manfred, den Dietmund und den Florian. Wir waren nun zu siebt und in allen Abteilungen brummte es: Es gab sehr viel zu tun.
Wie nun der Luigi weg war, baute ich allein den Scheibenschneider weiter und es ergab sich jetzt für mich die Möglichkeit zu zeigen, dass auch ich selbstständig die elektrische Steuerung, dieser in Entwicklung sich befindenden Maschine, erweitern kann.
Es machte mir sehr viel Spaß mich mit so was zu beschäftigen, wo vor allem immer ein gewisses konsequent-logisches Denken gefragt war.
Ich schrieb seit dreiundzwanzig Jahren in meiner Freizeit Gedichte und da war *auch* eine kombinatorische Logik notwendig. Ich hatte im Allgemeinen dabei ein ausgeprägt spekulatives Denken entwickelt und grad' so was stützte mir die Kreativität,

beim Entwerfen von elektrischen Schaltungen.
Ich liebte meine Arbeit und gab mich ihr so hin, als
würde ich daheim Gedichte schreiben: Ich fühlte
mich auf die gleiche Art herausgefordert, was Besonderes in die Welt zu setzen.
So gewann ich immer mehr Erfahrung was die Erweiterung der Elektroschaltungen betraf, denn immer wieder wünschten sich Kunden eine neue
Funktion am Scheibenschneider, an „meiner"
Maschine.

Wenn ich so eine Erweiterung, am Arbeitsplatz
nicht zu Ende bringen konnte, setzte ich mich daheim im Vorraum an den Tisch, machte ein Bier
auf, steckte mir eine Zigarette an und zeichnete gepflegt auf Papier, aus dem Gedächtnis, den Elektroplan den ich zu erweitern hatte. Oft hab' ich so
bis spät in die Nacht, genussvoll, bei einem Bier
und einer Zigarette, meine Arbeit zu Ende gebracht.
Morgens ging ich dann, mit dem fertig gezeichneten Plan zu meinem Meister und sagte ihm:

„Georg, ich hab' die Lösung!"
Er schaute sie sich kurz an und sagte:

„Bau sie ein, Martin, und wenn's funktioniert ist
es gut."
Und meistens funktionierte es auf Anhieb. Aber es
gab auch Fälle in denen ich die Schaltung, die ich
daheim entworfen hatte, nachjustieren musste.
Denn man weiß ja: Papier ist geduldig.
In der Praxis sieht es manchmal aber anders aus.
So fühlte ich mich immer wieder gefordert und war

froh beweisen zu können, dass auch ich fachmännisch was im Stande war.

An einem Tag kam mein Meister zu mir und sprach mich an:

„Martin, wir haben einen Kunden aus dem Rheinland, der möchte einen Scheibenschneider haben der zusätzlich noch das und das machen kann." Und er nannte mir die vom Kunden gewünschte Funktionen.

„Was hälst du davon, ist es möglich?"
Ich antwortete ihm:

„Es ist alles möglich, Georg.Es kommt aber ein gewisser Aufwand in Frage, den ich im Vorhinein nicht schätzen kann."

„Der Kunde ist bereit alles zu zahlen", sagte er noch.

Und dann machte ich mich an die Arbeit.
Im technischen Büro hatte man inzwischen einen Elektrotechniker eingestellt, aber der war derart überlastet, dass er nicht alles selbst bewältigen konnte. Denn man baute ja in der Firma, neben dem Scheibenschneider, auch noch andere Arten von Maschinen.

Ich blühte einfach auf in meiner Arbeit.
Über diese meine Selbstmotivation, kann ich nur Folgendes sagen: Wenn man nicht von andern wird geliebt, muss man es selbst machen. Oder wenn man nicht von andern wird gelobt und man es eigentlich verdient, muss man sich selbst loben, um nicht den Respekt vor sich selbst zu verlieren. Unsere Seele kommt ohne so was nicht aus.

Mit einer Zigarette im Mund und einer Cola auf der Werkbank, zeichnete ich hochmotiviert die Ergänzungen in die Schaltung rein.

Aber zwei von meinen Kollegen betrachteten das nicht mit guten Augen.

„Martin", sprach mich mal einer an, „warum machst du das? Es ist doch nicht deine Aufgabe hier. Wir müssen Maschinen *bauen* und nicht Schaltungen entwerfen. Das muss das technische Büro machen!"

„Mir macht es nichts aus", antwortete ich. „Es macht mir sogar Spaß."

„Ja, aber sie werden es auch von uns verlangen und ich kann so was nicht. Ich hab' so was nicht gelernt."

Ich hatte es auch nicht gelernt, aber nicht nur ich erweiterte am Arbeitsplatz Schaltungen. Sondern Siegfried und der später hinzugekommene Kollege Manfred machten das auch an anderen Maschinentypen, nur nicht so oft wie ich, denn „mein" Scheibenschneider befand sich in ständiger Entwicklung.

Meine Einsatzbereitschaft war, irgendwie, ein Dorn in den Augen der Kollegen, weil ich vom Lohn her nicht auf Augenhöhe mit anderen stand und man mir vorwarf, dass man darum Dumping mit mir machen würde.

Ich war aber zuversichtlich, dass einmal auch das in Ordnung kommen wird.

Ich konnte nicht auf meinen Kollegen hören, keine Planerweiterungen mehr zu entwerfen, ich musste weiter zeichnen, einfach weil so was *gebraucht*

wurde!
Gleichzeitig litt ich darunter,dass mich deswegen
nicht alle Kollegen akzeptierten.
Irgendwie wollte ich auch in Rumänien schon mit
einem jeden gut zurechtkommen, einem jeden den
Gefallen machen.
Schon als Kind, als ich gemerkt hatte, dass ich
ohne Vater groß wuchs, hatte ich mir vorgenommen, mich in meinem Leben so zu verhalten, dass
alle Welt mich lieb hat.
Denn obwohl ich ohne Vater da stand, hatte ich von
klein auf große Zuneigung erfahren. Meine Großeltern umsorgten mich mit viel Liebe und die Dorfbewohner, die ja meine Situation kannten, kamen
mir auch immer wieder liebevoll entgegen. Wahrscheinlich aus Mitleid oder weil ich dann später ein
guter Schüler wurde, was sich im Dorf gleich herum gesprochen hatte.

*

Bezogen auf mich, als ich noch keine sieben Jahre
alt war, hatte sich auch was anderes im Dorf herum gesprochen.
Folgendes war geschehen: Es war die Zeit im Jahr,
als in den Weingärten das Unkraut vertilgt werden
musste, eine mühsame Arbeit mit der Hacke.
An einem Morgen sagte mir Großmutter, dass sie
mich auch mitnimmt in den Weinberg und backte
dafür sogar meine Lieblingsspeise: Pfannkuchen!

Sie stapelte sie übereinander, wickelte sie sorgfältig in ein sauberes, selbst gewebtes Tuch und packte sie in den Rucksack ein, zwischen andere Sachen.

Dann machten wir uns zu Fuß zu den Weingärten auf, die nah am Wald, am Dorfhang, bei etwa vier Kilometer von unserem Hof entfernt waren.

Am unteren Rand des Weingartens, unter dem großen Nussbaum und neben den Stachel- und Johannisbeersträuchern legte meine Oma den Rucksack ab und breitete für mich, im Schatten, eine kleine Decke aus.

Dann verschwand sie arbeitend mit der Hacke, zwischen den Rebstöcken.

Um uns ringsherum waren unsere Nachbarn auch beschäftigt in ihren Weingärten. Man hörte sie reden und wie die Hacken rein schlugen in den harten Boden.

Ich fing an zu spielen, mich selbst zu beschäftigen indem ich mit meinem kleinen Taschenmesser, aus den in der Nähe wachsenden Heckensträuchern, kürzere Ruten mir schnitt um eine kleine Hütte daraus zu bauen, wie die welche ich daheim im Garten, jeden Frühling, für den Osterhasen flocht.

Nach einer Zeit kriegte ich Hunger, machte den Rucksack auf und wollte mir die Pfannkuchen greifen. Hab' sie aber, zwischen all dem anderen Zeug aus dem Rucksack, nicht gefunden.

So rief ich, so laut ich konnte, hinein in den Weinberg, zu meiner Großmutter die ich wegen den dicht gewachsenen Rebstock-Blättern nicht sehen konnte:

„Omaaaa! Wo sind meine drei, vier Pfannkuchen?"

Ich hatte kaum meinen Ruf beendet, schon erschallte Gelächter aus den benachbarten Weingärten.

„Du Rosina, dein Junge hat Hunger. Geh' und gib ihm seine drei, vier Pfannkuchen!", hörte ich die Nachbarin, lachend, meiner Großmutter zurufen. Und seit dann, sprach es sich im ganzen Dorf herum, wie ich nach meinen „drei, vier Pfannkuchen" gerufen hab'.

*

Die Jahre vergingen, und an einem Frühlingstag, ich war vierzehn und wurde kurz davor konfirmiert, stand ich neben meinem Großvater, der gestützt mit den Ellenbogen auf dem Bretterzaun, auf die Straße schaute.

Er drehte sich zu mir und sprach mich an:

„Junge, du bist jetzt vierzehn und konfirmiert und ich möchte dir, für deinen weiteren Weg, folgendes sagen: Du sollst so leben, dass niemand nicht einmal weiß, dass es dich gibt. Und (fuhr er nach einer Weile fort) du sollst deine Kinder lieben, aber sie sollten es nicht wissen.

So ist es halt, mein Junge", schloss er, stützte sich wieder auf den Zaun und schaute der Straße entlang.

Leider Gottes, konnte ich das was er mir damals empfohlen hatte, nicht einhalten.

Ich musste aus der Reihe tanzen und meine Ausreise in den Westen erpressen, also meinen Heimatstaat, ungehorsam, vor den Kopf stoßen.

Und dann kamen wir in Deutschland an und schon als ich anfing Fernseh' zu schauen und Zeitungen zu lesen,stellte ich fest, dass wir als Aussiedler hier manche fette Schlagzeile füllten.

Und jetzt, am Arbeitsplatz, fiel ich auf und war unbeliebt, weil ich nicht wusste mich entsprechend zu verkaufen.

Dabei hatte mir Großvater nicht nur geraten, sondern ich habe seine Worte damals eigentlich als *Befehl* verstanden, denn er war meine erste Autoritäts- und Respekt Person:

„...Du sollst so leben, dass niemand nicht einmal weiß, dass es dich gibt!"

*

Es waren an die vier Jahre vergangen, seit unserer Ankunft in der BRD, und wir fassten immer besser Fuß nicht nur am Arbeitsplatz, sondern auch im Allgemeinen, in der Gesellschaft.

Obwohl wir verschuldet waren (wir hatten unsere große Wohnung mit schönen Möbeln eingerichtet, ich hatte den Führerschein gemacht und ein Auto gekauft) konnten wir ein sorgenfreies Leben führen. Die Nahrungsmittel und das gute deutsche Bier waren billig zu bekommen und es gab Kleidung die schick aber trotzdem günstig war.

In Rumänien mussten wir an die sechzig bis fünfundsechzig Prozent von unserem Einkommen, für Lebensmittel ausgeben. Und in der letzten Zeit, vor unserer Ausreise, waren die Regale in den Läden fast leer.

Hier waren alle Regale vollgestopft mit so vielen Sachen, dass wir nicht mal wussten, für was die eine oder andere bestimmt war.

Die Auslagen der Imbisse quellten über, prall gefüllt mit dampfenden Schweinshaxen, gegrilltem Schweinebauch und Rippchen, Leberkäs' oder zwei, dreierlei Sorten Wurst. Und dann gab es noch die gegrillten Hähnchen: Ein Genuss!

Das alles bei erschwinglichen Preisen.

Apropos, gegrilltes Hähnchen! Als ich das erste Mal, sowas auf dem Teller hatte und dazu einen knusprigen, leicht gesalzenen Briegel, an dem auch noch Kümmel haftete, habe ich es nicht geschafft das halbe Hähnchen ganz zu essen. Es war einfach zu viel.

Als ich Kind war, kochte meine Oma, über einem mittelgroßen Hähnchen, ein Gulasch für sechs (!) Personen: Jedes mal wenn wir am Tisch saßen, bekam ein jeder von uns, immer das gleiche Stück vom Hähnchen zugeteilt.

Für mich waren der Magen und der Hals bestimmt.

„Da, mein Kind", sagte meine Oma, „am Hals ist das beste Fleisch. Und du hast gute Zähne, du kannst es gut abknabbern."

Und so war es auch.

Aber obwohl ich nie vom Tisch hungrig aufgestanden bin, hätt' ich mir doch etwas mehr Fleisch gewünscht.

In einem Sommer, ich war so um die acht, neun Jahre alt, verbrachte ich einen Teil der langen Sommerferien bei meinem Onkel Michael, der mit seiner Frau bei einer Rinderfarm arbeiteten, in einem Ort weit weg von unserem Dorf.

Sie wohnten in Miete, zusammen mit anderen Arbeitern, in einer alten aber schönen Villa, mitten in einem ebenso schönen Park, mit Alleen und großen, mächtigen Bäumen.

In dem Park gab es auch einen größeren See.

Eines Tages, als ich mich an seinem Ufer aufhielt, erblickte ich auf dem Wasser, ruhig und majestätisch schwimmend, einen Schwan.

Ich war fasziniert. Besonders von seinem großen, elegant gebogenen, langen Hals.

Ich dachte mir:

„Na, so einen Hals möcht' ich mal gern auf meinem Teller haben!"

Kinder haben eben auch Wünsche.

*

Bei „Voltac", neben mir, an der selben Werkbank, arbeitete seit einiger Zeit, mein neuer Kollege Florian.

78

Er war an die zehn Jahre jünger als ich, aber ich merkte gleich, nachdem wir ein paarmal zusammen geredet hatten, dass er belesen war und ihn die gleichen Fernsehsendungen interessierten, die auch ich mir gern anschaute.

Ich war damals begeistert, und bin es auch heute noch, vom deutschen Kabarett.

Solche Sendungen waren für mich, in unserer Anfangszeit in Deutschland, ein grandioses, kulturelles Erlebnis. Dieter Hildebrandt brillierte zu der Zeit und nahm jedes mal, bei seinen TV-Auftritten, kein Blatt vor den Mund.

Ich kam nicht mehr aus dem Staunen 'raus, wie viel Satire und Kritik der deutsche Staat zuließ.

Wenn abends so eine Sendung lief, am nächsten Tag kommentierte ich sie zusammen mit Florian und lachten ausgiebig dabei.

So kam dann mal auch eine Sendung im Fernsehen, in der verschiedene Politiker, karikiert, in Gestalt von kleinen Gummipuppen agierten.

Ganz lustig fand ich die Gummipuppe in der Gestalt von Kohl, der damalige Kanzler. Wir lachten uns krumm mit Florian darüber.

Nach nicht langer Zeit, wurde diese Sendung aber abgesetzt. Wahrscheinlich, dachte ich mir, war man mit der Satire doch zu weit gegangen.

Aber mit Florian hatte ich immer ein Diskussionsthema.

Was die Arbeit betrifft, wollte er nicht unbedingt der Schnellste sein, aber was er machte, das saß.

Er hat nie einen Verdrahtungsfehler gemacht oder

einen anderen. Alles war „atomsicher" bei ihm.
So hätte sein Meister, erzählte er mal mir, während
der Ausbildungszeit, ihm mal gesagt: „Florian, wir
müssen schauen, dass wir alles ATOMSICHER
machen!"
Auch sein Opa hatte lange Jahre bei „Voltac" geschafft und nun war er an der Reihe, ihn bestens zu
vertreten.

*

Die Konjunktur brummte in Deutschland und so
brummte es auch bei uns, in der Firma.
Ein Kunde aus England, hatte auf einmal an die
150 Scheibenschneider bestellt. Die Maschine
wurde inzwischen so weit entwickelt, dass sie
sechs, sieben Funktionen hatte, also ziemlich
aufwendig zu bauen war.
Und doch haben unsere Chefs entschieden, dass
wir jeden Tag, so eine Maschine fertig bauen müssen, um sie am nächsten Morgen ausliefern zu können. Parallel zu diesem Scheibenschneider, wurde
selbstverständlich an den anderen Maschinentypen
auch weitergebaut.
   Wir arbeiteten zu zweit an der Elektrik für diesen
Sainsbury-Scheibenschneider und die Schlosser
bauten sie auch zu zweit, im Eiltempo, auf.
Man musste dabei immer übermäßig aufpassen,
den dicht nebenan schaffenden Kollegen nicht, irgendwie, zu verletzen. Besonders beim Schleifen
oder Trennen mit der Flex, wie auch beim

Schweißen, war erhöhte Vorsicht geboten.

Was den Arbeits-Rhythmus betrifft, ging man zügig, schon früh morgens bis spät in die Nacht, von Null auf Hundert.

Denn wir konnten das: Wir waren alle jung. Oder wie wir, lachend, uns selbst einschätzten: Jung, dynamisch und erfolglos!

Wir halfen uns gegenseitig wo es nur ging, denn wir mussten ja eine Maschine pro Tag fertig kriegen. So machten wir auch Überstunden bis spät.

An so einem Tag, spät abends, als ich an einem Scheibenschneider Endmontage machte, kam der Fertigungsleiter zu mir und fragte:

„Wie lang brauchen Sie noch, Herr Szegedi?"

Ich überlegte kurz was ich noch zu tun hatte, schätzte dass ich, ungefähr, noch eine Stunde brauchte und sagte mir: „Du beeilst dich, du schaffst das auch in einer halben Stunde. Die Maschine muss raus."

So anwortete ich:

„Eine halbe Stunde, Herr Bergstein."

Er verschwand und ich legte los, mit großem Eifer. Aber wegen der Eile, zitterten mir die Hände so stark, dass ich fast nicht mehr die Hülsen auf die abisolierten Drähte drauf kriegte.

Nach einer halben Stunde kam der Fertigungsleiter mit dem Stapler, und schob dessen Gabeln unter die Maschine.

Und ich war noch hinten, am Schaltkasten, voll beschäftigt. Ich war eben nicht fertig geworden, wie ich versprochen hatte.

Ich machte schnellstens weiter meine Arbeit und hörte gleichzeitig, hinter meinem Rücken, den Fertigungsleiter, der vom Gabelstapler runter gestiegen war, wie er sich räusperte und irgendwie, vielsagend hüstelte.

Damals nahm ich mir vor:

„Das machst du nie mehr! Du musst einsehen, dass es nicht schneller geht. Du gibst doch seit eh und je alles, du schmeißt doch immer *alles* in den Kampf!"

Ab dann, wenn man mich fragte, wie lang ich noch brauchte bis ich mit der Arbeit fertig bin, und ich schätzte das auf eine halbe Stunde, sagte ich:

„Ich brauch noch ein Stunde."

Wurde ich früher fertig, war man um so zufriedener: Ich selbst und auch der Fertigungsleiter. Dieser musste sich auf uns, aus allen Ansichten, verlassen können, darum musste man Realist bleiben und sich nicht selber überschätzen.

Man lernt halt nie aus im Leben. Viele Regeln, nach denen dies' sich richtet, sind eigentlich *ungeschriebene* Gesetze, die man nirgends, in keinem Buch vorfindet, um sie erlernen zu können.

*

Auf den Ämtern hatte ich, von allem Anfang an, ein gewisses Problem wegen meinem Namen.

Wurde ich danach gefragt, antwortete ich:

„Mein Name ist Szegedi, mit „Es-Zett", bitte."

Und ich musste ihn buchstabieren.

Jahre später, als ich erfuhr, dass in Deutschland
auch das Szegediner Gulasch bekannt war,
ergänzte ich, in solchen Situationen:

„Mein Name ist Szegedi, mit „Es-Zett", bitte, wie
Szegediner Gulasch."

„Ach, so!", kam dann manchmal die Antwort.

Schon in Rumänien hatte ich manche
Schwierigkeit wegen meinem Namen: Rumänische
Mitbürger hielten mich für einen Ungar, weil es in
Ungarn die Stadt Szeged gibt.

Zwischen der ungarischen Minderheit aus Siebenbürgen und den einheimischen Rumänen, gab es
schon immer Reibereien. Siebenbürgen, also Trans-
silvanien, gehörte zu Rumänien, aber die Ungarn
behaupteten es wär' eigentlich ungarisches Territo-
rium. Was es ja einmal war.

Das schlimmste Erlebnis hatte ich wegen meinem
Namen, als wir alle Mitglieder des Literaturkreises
aus Hunedoara, die Stadt wo ich die letzten sieben
Jahre vor der Ausreise wohnte, eine Pilgerfahrt zu
den Ruinen des dakischen Kalenders von Sarmise-
getuza machten.

Die Daken waren die Urahnen der Rumänen, die,
nachdem sie von den Römern erobert wurden, sich
mit diesen mischten und daraus das rumänische
Volk entstanden ist.

Nach der Besichtigung dieser Ruinen, die sich in
den Karpaten befanden, kamen wir dann in einen
nahegelegenen Ort, wo ein jeder von uns, vor Publikum, ein paar Gedichte vortrug.

Am Ende der Veranstaltung, lud man uns ein in ein

Restaurant, wo uns gratis ein Steak aufgetischt wurde und ein Bier.

Als wir grad' an einer großen Tafel saßen und miteinander plauderten, fragte plötzlich ein gewisser Valeriu Birgau, der ein paar Mal im Fernsehen als Arbeiterpoet aufgetreten war, mit lauter Stimme in die Runde:

„Ich versteh' was WIR hier, am Ursprung des rumänischen Volkes suchen, aber ich versteh' nicht was DIE aus der Panonischen Ebene hier suchen!"

Es war klar, dass er mich meinte, denn die Panonische Ebene ist in Ungarn und ich war der einzige „Fremde" dabei, mit ungarischem Namen.

Mit Tränen in Augen erhob ich mich vom Tisch, stieß den Teller mit dem Steak beiseite und stellte das Bier von mir weg.

Ich wollte den Raum verlassen.

Da sprang Eugen, der Leiter des Literaturkreises, der neben mir saß zusammen mit seinem Bruder Ioan, vom Stuhl auf und bat mich wieder Platz zu nehmen.

Dann wendete er sich wütend an den Unruhestifter:

„Was fällt dir ein, Mann? Was soll diese Unverschämtheit?!", schrie ihn Eugen an.

„Mein Gott, Valeriu", wandte sich auch sein Bruder Ioan an den Störenfried, „wie kannst du unseren Freund auf so eine Art beleidigen? Martin ist ein Mensch, in den man nicht mal mit einer Blume werfen dürfte. Und du? Wie kannst du so frech sein?"

Es sollte schier zur Schlägerei kommen, aber es

standen ältere Personen auf und beruhigten die
zwei aufgebrachten Brüder.

Ein älterer Schriftsteller sorgte dann, dass der Zwi-
schenfall bis ins Rathaus von Hunedoara, vor die
Parteikommission kam.

Wir mussten alle, die an dem Abend der Szene bei-
gewohnt hatten, eine schriftliche Erklärung
abgeben, über wie sich die Sache im Detail abge-
spielt hatte. Denn das freche Auftreten von Valeriu,
wurde als chauvinistisches Verhalten eingestuft.
Und so was hatte Ceausescu strikt verboten und
war eine Straftat. Denn in seinen Reden, hatte er
die paar Minderheiten die es in Rumänien gab,
immer wieder aufgerufen, in Frieden und
gegenseitigem Respekt miteinander zu leben.

Ich war entsetzt und fühlte mich schuldig, für die
Ausmaßen die der Fall angenommen hatte.

Es schien mir damals schon, dass ich, irgendwie
verflucht war, das gut gemeinte Vermächtnis
meines Großvaters, nicht befolgen zu können:

„Du sollst so leben, dass niemand nicht einmal
weiß, dass es dich gibt!"

*

Der Vorfall in Verbindung mit meinem Namen,
drängte mich mir Klarheit zu schaffen wer ich bin,
wer genau die Siebenbürger Sachsen sind.

Nach längerem Hin und Her, konnte ich Folgendes
in Erfahrung bringen:

Um das Jahr 1200 folgten unsere Vorfahren aus dem Rhein-/Moselgebiet (zum Teil auch Luxemburg), dem Ruf des ungarischen Königs Geza nach Siebenbürgen.

Durch die Anpassung an die Verhältnisse vor Ort und im stetigen Austausch mit dem Herkunftsraum konnten sie ihre kulturellen Werte bewahren und weiter entwickeln: Wirtschaftliches und technisches Know-How, religiöse Überzeugungen und tradierte Sitten, deutsche Sprache und Kultur sowie Freiheitsliebe und Toleranz.

Von allem Anfang an legte man Wert auf ihr handwerkliches Können. Neben allerhand anderen Berufen, verstanden sie es standfeste Wehrburgen zu bauen, waren tapfere Kämpfer und deswegen siedelte man sie entlang der Grenze des von den Karpaten umschlungenen Hochlands an, um dieses gegen die Türken und Tataren zu sichern, die bis dahin, immer wieder Siebenbürgen überfielen und ganze Orte verwüsteten und niederbrannten, mit dem dazu gehörenden Gemetzel und grausamen Vergewaltigungen.

Als Neuankömmlinge, haben unsere Ahnen Wälder gerodet und Sümpfe trocken gelegt, den urbar gemachten Boden durften sie dann steuerbegünstigt bewirtschaften und hatten auch den Vorteil, dass in Kriegszeiten, in jeder Familie, ein erwachsener Mann daheim bleiben durfte.

So war das also mit den Siebenbürger Sachsen! Zufrieden und irgendwie stolz, beschloss ich alle Unannehmlichkeiten zu vergessen.

*

Schon in Rumänien, als wir die Ausreisegenehmigung erhalten hatten, warnte mich jemand, ich
weiß nicht mehr genau wer, dass ich wegen meinem ungarischen Namen, in Deutschland, Schwierigkeiten bei der Einbürgerung haben könnte.
So entschloss ich mich, meinen Vater, der Ludwig
Georg hieß, zu besuchen und ihn bitten eine Erklärung zu unterschreiben, aus der hervorging, dass
ich sein Sohn bin.(In meinem Geburtsschein und
Personalausweis war bei der Rubrik „Name des Va-
ters", ein Strich eingetragen.)
    Mein Vater und meine Mutter fanden, irgendwie,
zusammen und sie lebten eine Zeit lang, auf dem
Bauernhof meines Großvaters.
Sie heirateten nicht, weil mein Vater noch nicht den
Militärdienst hinter sich hatte.
Meine Mutter wurde aber mit mir schwanger, und
kurz danach, wurde mein Vater zum Militär eingezogen.
Als er sich von meinem Großvater verabschiedete,
sagte ihm dieser:
    „Hör her, Georg. Du gehst jetzt zum Militär. Aber
wenn du zurück kommst, hast du auf diesem Hof
nichts mehr zu suchen. Das Kind werden WIR
großzieh'n."
Mein Vater stand da wie auf den Kopf geschlagen,
erfuhr ich dann später.
    Was war geschehen?

Es war so, dass mein Großvater in meinem Vater nicht den richtigen Schwiegersohn sah.

Er klagte den Nachbarn, dass mein Vater nicht im Stand war die Ochsen an den Karren einzuspannen und den mit Heu beladenen Karren, nicht mit Seil und dem langen Querholz sichern konnte.

So einen könnte er auf dem Hof nicht brauchen, beklagte er sich immer wieder bei anderen im Dorf.

Nach dem Militärdienst, zog mein Vater nach Karlsburg, die nächstgelegene Stadt, wo er Müller wurde bei der großen städtischen Mühle.

Er heiratete ein Frau aus unserem Dorf, aber die Ehe blieb kinderlos.

Ich wusste wo sie in Karlsburg wohnten, und als ich einmal von Cugir, die Stadt in der ich an einem Werkgymnasium die Ausbildung begonnen hatte, nach Bluthrot, in mein Dorf fahren wollte, entschloss ich mich, meinen Vater zu besuchen. Ich war grad sechzehn geworden.

Ich klopfte an die Tür und es öffnete mir seine Frau die, als sie mich sah, sichtlich überrascht war und nicht wusste, in dem Moment, was sie machen oder sagen sollte.

Sie bat mich trotzdem lächelnd rein, und im Zimmer, am Tisch sitzend, sah ich meinen Vater.

Er lächelte auch überrascht, wir gaben uns die Hand und küssten uns, ganz linkisch.

Wir redeten über gewöhnliche Dinge und ich merkte, dass sie, mein Vater und seine Frau, sich nicht grad in ihrem Element fühlten.

Ich war auch sehr befangen und hatte das Gefühl,

dass ich mich lieber mit einem Fremden unterhalten hätte, als mit meinem Vater.

Wir redeten nicht all zu lang und dann sagte ich:

„Ich muss jetzt gehen, sonst verpasse ich den Bus."

Wir verabschiedeten uns, mein Vater küsste mich wieder linkisch auf die Stirn, griff in eine Schublade und drückte mir einen Schein von Hundert Lei in die Hand. Das war damals nicht wenig Geld, heute wären's zwanzig Euro.

Das war mein Vater. Ein anderes Mal hab' ich ihn nicht mehr besucht. Ich hatte erfahren, dass seine Frau mich nicht mit guten Augen sah: Sie befürchtete, dass mein Vater mir zu viel Geld geben würde wenn ich ihn zu oft aufsuche. Das alles sprach sich in meinem Dorf herum und freilich, bekam auch ich es mit.

Und jetzt, mit einunddreißig Jahren, stand ich wieder da vor seiner Tür, mit der von Hand fertig geschriebenen Erklärung in der Tasche, hoffend, dass er sie unterschreibt und damit mich als seinen Sohn anerkennt.

Sie hatten sich inzwischen eine kleine Eigentumswohnung im ersten Stock eines Wohnblocks gekauft, ich hatte ihre Adresse erfahren und stand nun da, klingelnd an der Tür.

Ich spürte, dass innen hinter der Tür, sich jemand bewegte und mich wahrscheinlich durch den Türspion beobachtete

Ich wartete eine Weile und weil die Tür nicht aufging, klingelte ich erneut.

Und wartete wieder.

Ich klingelte noch einmal, ohne Erfolg, und dann ging ich.

„Sie wollen einfach von dir nichts wissen", sagte ich mir und musste es so hinnehmen wie es halt war.

Gehasst habe ich nie meinen Vater, aber an seine Frau dachte ich, wie an jemand den man nicht lieb haben konnte.

Ich ging nach Hause und zerriß in Stücke die von mir verfasste Erklärung, welche ich hoffte, dass mein Vater mit seinem Namen Ludwig unterschreiben würde.

Meine Frau tröstete mich:

„Vielleicht kannst du *meinen* Namen annehmen", sagte sie.

Denn auch sie hatte einen schönen, deutschen Familiennamen: Binder.

Ich antwortete ihr:

„Das werde ich nicht machen. Mein Großvater hat mir seinen Namen gegeben, er hat mich zusammen mit meiner Oma großgezogen und somit ist es mir eine Ehre, seinen Namen zu tragen."

Und der Auffassung bin ich auch heut' noch.

Als Anhang zu diesem Thema, eine kurze Geschichte:

Am Rande meines Dorfes gab's eine Romasiedlung mit armseligen Hütten. Damals nannten wir die Roma problemlos: Zigeuner. Und sie selbst hatten *auch* nichts dagegen.

Als ich an einem Tag, ich war ungefähr vierzehn, auf dem Weg zu meinem Angelplatz, dem Dorfbach entlang, an der Romasiedlung vorbeiging, traf ich einen, etwa in meinem Alter, den ich vom Sehen her kannte, und sprach ihn lächelnd an:

„Du Zigeuner, sag mir wie du heißt, dass ich dich nicht mehr mit Zigeuner ansprechen muss."

„Hör her", antwortete er mir, „ich bin stolz wenn man mich Zigeuner nennt. Und mein Name ist Dumitru."

So war auch ich eigentlich stolz, dass ich ein Sachse bin, obwohl ich einen ungarischen Namen trug. Und bis an mein Lebensende tragen werde, auch dann sogar, wenn Deutschland mir den Namen Goethe anbieten würde!

*

An einem Abend, meine Frau schaute grad im Wohnzimmer Fernsehen, meine Tochter war in ihrem Zimmer und ich, am Tisch im Vorraum, hatte mir zwei große, gefensterte Heftblätter aus einem College-Block zusammengeklebt und den Elektroplan von einem Scheibenschneider, aus dem Gedächtnis, sorgfältig, drauf gezeichnet, an dem ich für den nächsten Tag eine Erweiterung entwerfen musste.

Einen fertig gezeichneten, Original-Elektroplan hab' ich mich nie getraut, aus der Firma nach Hause zu nehmen, um ihn zu erweitern. Ich befürchtete, man hätte denken können, ich würde Spionage betreiben.

Drum zeichnete ich jedes mal, wenn ich einen Plan daheim erweiterte, diesen aus dem Gedächtnis auf meine Blätter. Und dazu, selbstverständlich, die Erweiterung.

So war ich auch an diesem Abend mit so was beschäftigt, als es plötzlich an der Haustür klingelte.

„Wer könnte das sein, so spät?", fragte ich mich und ging an die Sprechanlage.

„Wer ist da?", fragte ich.

„Liviu, der Bruder von deinem Freund Mac."
Mein Gott, war ich überrascht: Besuch aus Rumänien!

Ich drückte den Knopf des Türöffners und rief zu meiner Frau ins Wohnzimmer:

„Der Bruder vom Mac ist da!"
Ich wartete auf ihn mit geöffneter Tür und obwohl wir uns nicht kannten, als ich ihn die Treppen hoch kommen sah, stellte ich fest, dass er im Gesicht gut dem Mac ähnelte aber etwas kleiner war.

Wir umarmten uns und ich bat ihn, sich die Jacke auszuziehen. Er verzichtete drauf, sagend er könnte nicht lang bleiben. Ich bat ihn Platz zu nehmen.

Er setzte sich und erblickte, auf dem Tisch, den Elektroplan.

„Das ist ja ein Schaltplan", sagte er.

„Ja, kennst du dich aus?", fragte ich.

„Ich hab' Elektrotechnik studiert", antwortete er und fuhr gleich fort:

„Was machst du mit dem Plan da?"

„Ich muss für morgen eine Erweiterung entwerfen", antwortete ich.

„Du sollst das nicht machen, sonst bezahlen dich *diese* noch!", sagte er und lachte.

Selbstverständlich verstand ich, dass er mit *diese* die „Deutschen" meinte.

„Na ja, es ist nicht grad so. Man betrachtet so was als selbstverständliche Leistung."

„Und warum machst du das zuhause?"

„In der Halle ist es laut. Hier kann ich mich besser konzentrieren und dabei auch ein Bier trinken", antwortete ich lachend.

„Purer Emigrantengeist", sagte er, „die geben alles!"

„Schau her", fuhr er fort, „ich hab' dir was mitgebracht." Und holte aus der Jackentasche ein Stück Stoff raus, legte es auf den Tisch, und glättete es mit den Händen.

Ich erkannte sofort das schöne Goblin.

Mariana, die Frau von Mac, hatte es vor Jahren gefertigt und mir hatte es sehr gut gefallen. Es war gestickt nach einem Bild von Gaugain, das aus einer Insellandschaft mit zwei Mulattinen bestand und ein paar exotischen Bäumen, deren Laub sehr schön bunt, mit ausdruckstarken Farben, gestickt war.

„Ich hab' es im Futter meiner Jacke über die Grenze geschmuggelt", kicherte unser Gast.

Ich bedankte mich bei ihm und fragte nach dem Mac, wie es ihm und der Familie ginge.

„Sie schlagen sich durch", sagte Liviu.

Ich erwähnte noch, dass ich immer wieder versucht hatte, ihn telefonisch zu erreichen aber nicht durchgekommen bin.

„Na ja", antwortete Liviu, „die Securitate blockt die meisten Anrufe aus dem Ausland ab."
Das wusste ich auch.
Er trank sein Wasser aus dem Glas, erhob sich und sagte, dass er jetzt gehen muss. Wir umarmten und verabschiedeten uns.

An dem Abend konnte ich die Erweiterung in den Plan nicht mehr rein zeichnen, ich war zu aufgewühlt.

„Du wirst es ja morgen, in der Arbeit, machen", sagte ich mir und ging ins Bett.

*

In den fünf Jahren, als wir nicht nach Rumänien einreisen durften, hatte ich wiederholt versucht, spät, nach der Arbeit, meinen Freund Mac aus Hunedoara, am Telefon zu sprechen.
Ich nahm über den Hörer wahr, dass bei ihm das Telefon kurz klingelte, dann hörte ich im Hörer ein mechanisches Klicken und die Verbindung wurde unterbrochen.
Jahrelang hab' ich das immer wieder versucht, und jedes mal kam ich nicht durch.

An einem Abend, nach etwa vier Jahren seit unserer Ausreise, wählte ich wieder Mac's Nummer am Telefon. Es klingelte, länger als bisher

am anderen Ende der Strippe, und plötzlich hörte
ich Macs Stimme:

„Macovei am Apparat."

„Mensch, Mac!", rief ich überrascht in den Hörer.

„Mein Gott, endlich kann ich dich noch einmal
hören!"

Ich konnte meinen Ohren nicht glauben. Und dass
auch er sich freute, war eindeutig aus seiner Stimme herauszuhören.

Und dann fingen wir an zu schwätzen.

Und schwätzten, und schwätzten.

Ich merkte, dass nicht nur ich sondern auch er,
manches politisches, heikle Thema umging.

Wir waren uns beide bewusst, dass die Securitate
mithörte, oder das Gespräch aufgenommen wurde.

Wenn es so gewesen ist, dann hat der Geheimdienst
an dem Abend viele Meter Magnetband gebraucht!

Denn wir unterhielten uns drei Stunden lang, Zeit
in der ich mit dem Hörer in der Hand, am Tisch sitzend, eine ganze Flasche Wein ausgetrunken hab'
und den Aschenbecher mit Kippen füllte.

Nach so langen Jahren, konnte ich mir mal endlich
das Herz ausschütten.

Am Monatsende kam dann die Telefonrechnung,
und wir hatten dreihundert Mark zu entrichten.

Aber das war es mir Wert gewesen!

*

Egal wie spät ich aus der Firma nach Hause kam,
nach dem Essen holte ich meine Gedichte auf den

Tisch und arbeitete weiter an ihrer Übersetzung.
Und das bis tief in die Nacht hinein.

Ich gab' mir Müh' auch neue Gedichte, in Deutsch,
zu schreiben, musste aber wegen meinen
limitierten Sprachkenntnissen, wie man so sagt,
von Null anfangen.

In meinen rumänischen Gedichten behandelte ich
existenzialistische Themen und somit charakterisierte die meisten, ein gewisser Tiefsinn.

In Deutsch, weil ich nur die Alltagssprache beherrschte, und auch die nicht ganz richtig, konnte
ich solche Themen nicht angeh'n.

   In den ersten Gedichten, die ich in Deutsch geschrieben hatte, war eine gewisse Gereiztheit,
Verbissenheit herauszuhören, wahrscheinlich weil
ich darunter litt, dass am Arbeitsplatz mich nicht
alle mit guten Augen ansahen und somit, ich mich
in Deutschland nicht akzeptiert fühlte.

Ich hatte, am Anfang, diese Gedichte auf meinen
Kassettenrekorder diktiert, um mir anhören zu können wie sie klangen. Und ich war eindeutig nicht
zufrieden mit meinem Deutsch.

Ich beschloss, statt dramatisch, philosophisch, wie
ich in Rumänien geschrieben hatte, nun Lockere-
res, Heitereres, zu verfassen, das einer einfacherer
Sprache bedarf aber trotzdem nicht oberfläßig
war, denn ich wollte auf keinen Fall die Leser
langweilen, auch wenn ich nur ein beinah' rudi-
mentäres Deutsch beherrschte.

Ich musste einfach, konsequent weiter schreiben,
am Ball bleiben, nur so konnte ich Fortschritte

machen.

Und so ging ich fast jeden Tag, immer nur spät ins Bett.

*

Im Sommer 1989, waren dann (endlich!) die fünf Jahre Einreiseverbot nach Rumänien vorbei, und wir entschlossen uns in die Heimat zu fahren, unsere Verwandten und Freunde zu besuchen.

Wir fuhren durch, ohne unterwegs zu übernachten, die eintausendeinhundert Kilometer, bis an die rumänische Grenze.

Wir stellten uns an die lange Autoschlange und nach ungefähr vier Stunden, war es so weit: Ein Grenzer kam zu uns und ich überreichte ihm unsere Pässe. Er nahm sie und ging mit ihnen in das Häuschen neben dem Schlagbaum um sie zu überprüfen.

Wir waren alle angespannt: Wird man uns einreisen lassen oder nicht?

Ich näherte mich, vorsichtig, an die Tür des Grenzhäuschens und hörte plötzlich drinnen eine Art Streit und dann, klar, eine aufgeregte Stimme:

„Warum sollen wir ihn nicht 'reinlassen, er hat doch keine Menschen gefressen?!"

Ich entfernte mich vom Häuschen, kam an unser Auto zurück.

Dann ging die Tür auf und der Grenzer kam auf mich zu, streckte mir die Pässe entgegen und sagte:

„Ich wünsche Ihnen eine gute Fahrt!", und zeigte mit der Hand, wir könnten ins Land rein fahren.

„Wir danken Ihnen vielmals!", rief ich ihm zu und setzte mich, überglücklich, ans Steuer.

Wir jubelten im Auto, ein jeder von uns war außer sich vor Freude, die dann keine Grenzen mehr kante als wir in Petersdorf meine Schwiegermutter, nach so langen Jahren, umarmten.

Am nächsten Tag fuhren wir auch nach Bluthrot, in mein Dorf, zu meiner Oma und meinem Onkel und es gab überall Freudentränen und viel zu erzählen.

Selbstverständlich besuchten wir auch unsere Freunde in Hunedoara, besonders weil dort Mac, mein bester Freund, wohnte, dem ich in all den vergangenen fünf Jahren lange Briefe geschrieben hatte.

Wir redeten über allerhand was man inzwischen durchgemacht hatte und als ich dann mit Mac allein blieb, sprach mich dieser an:

„Martin, das was du mir in deinen Briefen, all die Jahre, geschrieben hast, hat mir, irgendwie, Sorgen gemacht. Es scheint, dass du nicht zufrieden oder nicht begeistert bist von Deutschland. Du übst viel Kritik an seiner Gesellschaft."

Ich lachte und erklärte ihm, dass mir bewusst war, dass die Securitate *auch* meine Briefe liest und ich, obwohl es uns gut ging, in diesen nur Schlechtes über Deutschland berichtete, dass die Securitate nicht denkt, ich würde dem Westen gute Werbung machen und somit die Behörden unseren Anverwandten Schwierigkeiten machen könnten.

Er lächelte:

„Ja, jetzt kann ich es, irgendwie, versteh'n. Aber du musst aufpassen, dass du nicht auch dort zum *Unangepassten* wirst. Wir können die westliche Gesellschaft, mit unserem Ideologie verseuchten Hirn, nicht gleich durchblicken."
Das messerscharfe Denken meines Freundes kam auch jetzt eindeutig zum Vorschein.

Ich hatte ihn deswegen schon immer bewundert, denn im Vergleich zu ihm, traf ich Entscheidungen und richtete die Welt mehr aus dem Bauch heraus als übers Hirn.
So einen Freund hätte ich auch in Deutschland gebraucht, da wär' mir manches erspart geblieben.

Kurz bevor wir uns verabschiedeten, fragte er mich noch:

„Wie sieht's aus mit dem Schreiben? Hast du dein Buch übersetzt und schreibst du weiter?"
Ich erklärte ihm, dass ich alles übersetzt und auch in Deutsch andere Gedichte verfasst hatte und demnächst vor hätte, das Ganze an einen Verlag zu schicken.
Er meinte noch:

„Du musst schauen und deine Sachen veröffentlichen. Man sagt, wer bis zu seinem vierzigsten Lebensjahr nichts veröffentlicht, der schafft nichts besonderes mehr in seinem Leben."
Damals war ich sechsunddreißig, so musste ich schauen in den nächsten vier Jahren mein Buch auf den Markt zu bringen.

Insgesamt blieben wir zwei Wochen bei unseren Anverwandten in Rumänien und nachdem wir uns gegenseitig vieles von der Seele geredet hatten, kehrten wir überglücklich zurück nach Deutschland.

*

Der Scheibenschneider, die Maschine die überwiegend ich baute, war bestimmt, 70-80 Zentimeter lange Fleischstücke (meistens Schweinekotelett oder Hals) in Scheiben mit einer Dicke von 1 bis 66 Millimeter zu schneiden.
Die Scheibendicke stellte man, von Hand, über einen hydraulischen Regler ein und das lange Stück Fleisch, befestigt an einem Ende an einer Greifklammer, wurde mittels einem hydraulischen Zylinder, in einem Magazin auf ein halbrundes, von einem Elektromotor angetriebenen Messer hinzu geschoben, bis das Messer das ganze Fleischstück in Scheiben zerhackt hatte.
An einem Tag kam Georg, unser Meister, zu mir und sagte:
„Martin, wir möchten einen Scheibenschneider bauen der drei unterschiedlich dicke Scheiben hintereinander schneidet, ohne dass man dabei von Hand die Scheibendicke verändern muss.Sondern die Maschine soll das automatisch machen können. Und diese drei Schnitte, mit denen die drei unterschiedlich dicken Scheiben geschnitten werden, sollen sich automatisch, ohne Neueinstellung,

wiederholen bis das ganze Fleischstück zerhackt ist.

Was meinst du, ist das zu schaffen?"

„Ich habe das Gefühl", antwortete ich, „dass es möglich ist, aber es wird eine aufwendige Sache werden."

„Mach dir, bitte, Gedanken darüber", bat er mich, „und nimm dir Zeit."

Ein paar Tage habe ich an der Sache gebrütet und gezeichnet, an meiner Werkbank und dann noch daheim im Vorraum, bis spät nachts, bei einer Zigarette und einem Bier.

Ich spürte, es ist zu schaffen, nur musste man ganz konsequent logisch vorgehen, Schritt für Schritt die Sache zu Ende denken und den Schaltplan, Stück um Stück, erweitern und zeichnen.

In der Zeit, schaffte ich daheim so konzentriert und vertieft in die Sache, dass ich das Zeitgefühl verlor und zwei Mal ganz spät ins Bett ging: Ich wurde kaum warm unter der Decke und schon klingelte der Wecker!

An einem Abend war es dann so weit: Im Vorraum hatte ich, am Tisch, die letzte Kontakte in den Plan rein gezeichnet.

Ich hatte immer wieder, abends, was ich am Vortag neu gezeichnet hatte, bis ins kleinste Detail geprüft und mich vergewissert, dass die Schaltung bis zu dem Punkt in Ordnung war und ich mich dem nächsten Schritt widmen konnte.

Morgens fuhr ich in die Firma und ging mit dem Plan zum Meister:

„Ich hab's, Georg", sagte ich, „ich glaub' es wird funktionieren."

Ich breitete den Schaltplan auf seinen Tisch aus und wir gingen zusammen die Schaltung durch. Zum Schluss sagte Georg:

„Ich glaub' auch, Martin, dass es klappen wird."

Dann machte ich mich an die Arbeit.

Neben dem Standard-Schaltkasten brauchte ich zusätzlich jetzt noch einen anderen, der halb so groß war, denn zum alten Aufbau kamen ein Haufen (etwa zwölf) Relais und drei elektronische Platinen hinzu.

Ich verdrahtete sehr sorgfältig das Ganze, überprüfte immer wieder ob ich die Drähte richtig angeschlossen hatte. Die Schaltung hatte eine besondere Tiefe, Komplexität, deswegen war ich übervorsichtig: Ein Verdrahtungsfehler wäre bei der Inbetriebnahme sehr schwer zu finden gewesen.

Den mühsam verdrahteten Schaltkasten baute ich in die Maschine ein, und als ich mit der Endmontage fertig war, stellte ich an den Platinen die drei unterschiedlichen Schnittstärken ein, befestigte wie gewöhnlich, zum Probeschneiden, einen dicken Styroporstreifen in die Greifklammer und drückte den Startknopf.

Und es funktionierte auf Anhieb!

Das Styropor wurde in drei unterschiedlich dicke Scheiben geschnitten, und das wiederholte sich automatisch, bis der ganze Streifen zerhackt war.

Ich hatte eigentlich einen Zähler entworfen, der
von Null bis drei zählen konnte!
Ich rief den Georg an die Maschine, klemmte einen
anderen Styroporstreifen in die Klammer ein, und
führte ihm das Schneiden noch einmal vor.
Er war sehr zufrieden, nahm den Schaltplan und.
brachte ihn in technische Büro, um auf entsprechendes Papier gezeichnet zu werden.

Für den Probelauf der Maschine, baute ich in ein
kleines Kunststoffgehäuse drei Signallampen ein:
Eine grüne, eine gelbe und eine rote. Die integrierte
ich in die Schaltung, und bei der ersten geschnitte-
nen Scheibe leuchtete die grüne Lampe, bei der
zweiten die gelbe und bei der dritten die rote.
Und das wiederholte sich immer wieder.
Ich stellte das Gehäuse mit den Lampen, oben, auf
das Verdeck der Maschine und konnte so, von meinem Arbeitsplatz aus, sehen ob die Lampen in
der richtigen Reihenfolge aufleuchteten.
Und das machten sie: Grün, gelb, rot, grün, gelb,
rot, leuchteten die Lampen, regelmäßig, die ganze
Zeit auf.
Die Maschine funktionierte perfekt.

Zufällig kam grad' der Senior Chef in die Halle
rein, ging an meiner Maschine vorbei, schaute kurz
auf die bunt leuchtenden Lampen und ging seines
Weges.
Der Georg näherte sich mir und sagte:

„Martin, wir hier unten in der Halle, können das
schätzen was mancher leistet, aber für unsere Chefs
ist das nichts Außergewöhnliches, sondern

Selbstverständliches. Die haben andere Sachen im Kopf, sind mit anderen Zielen beschäftigt."
Seit einiger Zeit war auch ich selbst zu dem gleichen Schluss gekommen.

Von Anfang an, wurde allen Mitarbeitern, jedes Jahr, der Stundenlohn um ein paar Pfennig (und später Cents) erhöht, demnach wie viel Prozent die Gewerkschaft aushandeln konnte. Ich war eigentlich nicht unzufrieden mit was ich verdiente, doch mancher Kollege gab mir zu verstehen, dass ich mich zu billig verkaufte und somit allen schaden würde.
Aber Georg verstand es, wie er einen jeden von uns, sieben Elektriker, motivieren konnte.
Er war ein 125prozentiger Fachmann und ein 125prozentiger Mensch.
Was auch immer für ein Fehler mancher von uns machte, schimpfte er nie.
Es reichte, dass er diesem, mit zusammengepressten Lippen, einmal tief in die Augen schaute.
Dann ließ er ihn kochen im eigenen Saft des schlechten Gewissens.
(Dank dieser Behandlung, glaube ich, dass auch ich selbst, für den Rest meines Lebens, gar bleiben werde!)
Nach einer Zeit, in der die Gewissensbisse den Betroffenen bearbeitet hatten, kam er auf diesen zu, taktvoll, mit passenden, heiteren Worten, als wär nichts geschehen.
Er war einfach ein Menschenkenner.

*

Ungefähr zwei Tage nachdem ich den neuen
Scheibenschneider in Betrieb genommen hatte,
und der Georg den Elektroplan, den ich mit
Bleistift „gemalt" hatte, ins Büro brachte um in
Tusche gezeichnet zu werden, nach ungefähr zwei
Tagen, in denen wahrscheinlich meine neue
Funktionserweiterung im Büro sich rum gespro-
chen hatte, befand ich mich an meiner Werkbank
zusammen mit unserem Meister, zwei Elektriker-
kollegen und noch einem Schlosser.
Da kam aus dem Büro ein Techniker auf uns zu,
mit einen dickeren Buch in der Hand. Legte es auf
die Werkbank und schlug es bei einer gewissen
Seite auf.

„Schau her", richtete er sich an mich, „den Zähler
den du sozusagen erfunden hast, gibt es schon seit
lange."
Und zeigte auf die Buchseite, wo eine komplexere
Schaltung abgebildet war.
Georg, mein Meister, zuckte zwei, drei Mal nervös
mit den Schultern und sagte:

„Wenn es das schon lange gibt, warum habt nicht
IHR es gezeichnet, im Büro? Für was haben wir
euch?!"

„Genau!", schloss auch ich mich ihm an. „Warum
hat man mich Tage und Nächte lang gelassen mich
zu plagen, nur um nochmal Amerika zu entde-
cken?"

Langsam hatte ich auch genug, oder wie man so sagt: Die Schnauze voll!

Ich hatte vom ersten Tag an am Arbeitsplatz alles gegeben, schnell gearbeitet, in den Mittagspausen Elektropläne durchgekaut, mich bemüht, die Art wie man in Deutschland schafft bis ins kleinste Detail mir anzueignen, immer wieder, im Lärm unserer Halle oder daheim im Vorraum, bis spät in die Nacht, Schaltung-Erweiterungen selber entworfen, wie auch diese komplexe Zählerschaltung und jetzt kam auch noch so ein „Weißkragen" aus seinem gemütlichen Büro in unsere überlaute Halle, und stellte meine Leistung infrage, die eigentlich er oder einer seinesgleichen hätte erbringen müssen!

Ab diesem Moment, entschloss ich mich, konsequent, beim Personalchef so oft wegen einer Lohnverbesserung vorzusprechen, bis ich auf Augenhöhe mit meinen Kollegen stehen werde.

Bis jetzt, wenn ich um eine Lohnerhöhung vorsprach, kam es mir immer vor, ich würde betteln.

Ich musste anfangen zu kämpfen.

„Wer sich nicht wehrt, der lebt verkehrt."

Diesen Spruch hatte ich von irgendwo mit bekommen, und er öffnete mir die Augen wie man sich in dieser Gesellschaft zu verhalten hat.

Wenn man am Arbeitsplatz nicht akzeptiert und manch' beachtliche Leistung nicht anerkannt wird, dann stellt man die ganze Gesellschaft infrage.

Denn als erstes ist es die Familie, als zweites die Schule aber schon an dritter Stelle, ist der Arbeitsplatz die Grundzelle einer Gesellschaft, eines

Staates.

Wohin war ich gelandet?

War dies das Deutschland, das man im Osten, den ich verlassen hatte, so lobte?

Folglich wollte ich auch in meiner Freizeit eben außerhalb der Firma, durchdringen was sich mit mir und um mich herum abspielte.

Es leuchtete mir ein, dass wir eigentlich in Rumänien, das so einen schlechten Ruf in der Welt hatte, eine gute Ausbildung genossen haben.

Nur in Philosophie bekam man die ideologischen Schranken zu spüren und, selbstverständlich, in einem Wirtschaftsstudium.

Aber im Rest hat man uns, irgendwie, das Denken beigebracht. Nur, als wir von der Schulbank, raus ins Leben traten, stellten viele von uns fest, dass wir unser Denken, als solches, nicht nutzen konnten.

Außer man setzte es in den Dienst der Partei, und wurde somit zum Opportunisten, bereit mit ideologischen Scheuklappen durch das Leben zu geh'n.

*

Mein Schwager, der in Deutschland viel besser verdiente als ich, hat nie für eine Lohnerhöhung vorsprechen müssen. In seiner Firma bewertete der MEISTER die Leistung jedes Einzelnen.

In gewissen Zeitabständen, kam er zu meinem Schwager und überreichte ihm einen Brief:

„Das ist für Sie, Herr Dressler.“

Und drin war die Lohnerhöhung.
Aber die Firma bei der mein Schwager arbeitete,
im Gegensatz zu meinem kleinen Betrieb, hatte ein
paar Tausend (!) Beschäftigte.
So dachte ich mir, machte sie größere Gewinne und
konnte die Leut' besser bezahlen.

Jahre später, als die Superfirma sich um mehr als
die Hälfte verkleinern musste, erfuhr ich, dass nun
AUCH jeder um eine Lohnerhöhung kämpfen
musste: Die gute Sitte mit dem Lohnerhöhungs-
brief wurde abgeschafft. Evident aus Spargründen,
die Konkurrenz auf dem Markt wurde immer
größer.

*

Im Laufe der Jahre hatte ich nicht nur Scheibenschneider gebaut sondern auch andere, größere,
komplexere, Maschinen. Ich konnte in allen Fällen
selbstständig meine Arbeit gut und zuverlässig zu
Ende bringen.
So sprach ich beim Personalchef, der auch Fertigungsleiter war, immer wieder vor, verlangend
dass man mich in die fünfte Lohngruppe einstuft.
Von Beginn, war ich mit vollem Einsatz bestrebt,
mir die Pflicht gegenüber meinen Chefs zu machen.
Nun war es an der Zeit, mir die Pflicht auch gegenüber meinen Kollegen zu machen, endlich aus der
Welt den Eindruck weg zu schaffen, dass man mit
mir Dumping macht.
Denn während ich meine Arbeit unten, in der Halle,

machte, waren meine Chefs OBEN, in ihren Büros beschäftigt mit ihren eigenen Zielen, derweil ich täglich neun bis zehn Stunden zusammen mit meinen Kollegen verbrachte, wir ganz nah, Schulter an Schulter, nebeneinander schufteten.

Mit IHNEN lebte ich eigentlich, nicht mit meinen Chefs!

Und deswegen musste ich mein Verhältnis zu meinen Kollegen in Ordnung bringen.

Es war höchste Zeit, von ihnen akzeptiert zu werden.

Nachdem ich zum wiederholten Mal, um die fünfte Lohngruppe vorgesprochen hatte, wurde ich endlich, lohnmäßig, in sie eingestuft: Ich war jetzt „Facharbeiter mit Erfahrung".

Ein großer Tag in meinem Leben!

Das hat mich zusätzlich noch mehr motiviert: Ich stürzte mich noch entschlossener, mit noch mehr Wucht, in die Arbeit.

Und nicht nur ich: Alle schafften wir, dass nur so die Funken sprühten!

Denn es gab viel zu tun, ein Haufen neue Aufträge waren eingegangen und es waren tagtäglich Überstunden angesagt, oft bis spät in die Nacht.

So brachte mal mein Kollege Florian ins Gespräch, dass wir so verrückt schaffen würden, wie die Japaner.

Die würden auch alle Kräfte am Arbeitsplatz einsetzen und bereit sein alles für die Firma zu geben.

Bis dahin, dass manche, unter dem Eindruck sie würden nicht genug leisten, auch noch Selbstmord begingen.

Das würde man in Japan KAROSHI nennen.

Wir lachten und machten uns lustig darüber.

*

An einem Tag, als wie gewöhnlich, wieder viel los war in der Halle, merkte ich, dass mehrere Techniker, zusammen mit dem Chef-Konstrukteur, nicht weit von meinem Arbeitsplatz, an einer großen, komplizierten, vollautomatischen Maschine beschäftigt waren. Es gab da ein Problem.

Nachdem sie eine Zeit lang miteinander etwas besprochen hatten, hörte ich den Chef-Konstrukteur, den Herr Geiger, sagen:

„Dann bauen wir halt den rumänischen Zähler in die Schaltung ein!" Und meinte damit den Zähler den ich „erfunden" hatte.

Ich wurde hellhörig.

Und bekam mit, dass mein Kollege, der Siegfried, die Schaltung mit dem Zähler zu erweitern hatte.

Unser Siegi, wie wir auch den Siegfried nannten, machte sich an die Arbeit, denn ER baute, in der Regel, diese komplizierten Maschinen und fing an zu zeichnen.

Nach zwei, drei Tagen ging ich bei ihm vorbei und fragte ihn:

„Wie sieht's aus, Siegi, klappt es?"

„Schon", antwortete er, „aber ich hab' hier einen Punkt, wo es klemmt und ich nicht weiter komm'."
Ich schaute mir seine Schaltung an, die er gezeichnet hatte und erkannte gleich woran es lag.

„Du musst mit einem Selbsthaltekontakt jeden Zählerstand speichern und dann erst den nächsten Schritt angeh'n."
Ich hatte kaum das letzte Wort ausgesprochen und schon leuchtete es ihm ein:

„Ach, so? Dann ist ja alles klar. Ich danke dir!"
Es war, in dreißig Jahren, das einzige Mal, dass ich meinem Siegi mit etwas beistehen konnte.
Sonst war es immer umgekehrt: Er hat mir ein paar mal aus mancher Enge heraus geholfen..
So wurde „mein" Zähler, auch in die sogenannte „Trichter-Leerschaltung" an den großen Vollautomaten eingebaut.

*

Im Herbst 1989 fiel auch dann die Mauer und im Dezember des selben Jahres, ging blutig auch die Ceausescu-Diktatur in Rumänien zu Ende.
Mit meiner Frau sahen wir im Fernsehen die Panzer auf den Straßen in Bukarest und ich konnte mir die Tränen nicht beherrschen.
Man sagt, man lacht und weint dann, wenn einem was andres nicht mehr übrig bleibt.
Ich hätte auch gern bei der Umsturz-Revolution, zusammen mit meinen rumänischen Freunden, dabei sein wollen, aber ich war verdammt, im Komfort meines Wohnzimmersessels, dem blutigen Kampf auf dem Bildschirm tatenlos, aus der Ferne,

zuzuschauen.

Es waren erschütternde Szenen.

*

In den nach der Wiedervereinigung darauf folgenden zwei, drei Jahren, boomte die Wirtschaft in Deutschland.

Somit auch bei uns in der Firma.

Wir schufteten unter vollem Einsatz bis spät in die Nacht, was wir ja immer schon gemacht hatten: In den ersten acht, neun Jahren seit ich bei „Voltac" zu schaffen anfing, hab' ich vielleicht bloß zwei oder drei freie Samstage gehabt und unter der Woche, machte man auch stets Überstunden.

Diese wurden damals gut bezahlt: Nach der achten Arbeitsstunde bis zur zehnten mit 25% Zuschlag und ab der zehnten sogar mit 50%.

Trotz dass man mir den Lohn arg höher versteuerte, kam mir dieser Hinzuverdienst gut, denn wir musten unsere Schulden abstottern und konnten uns auch manchen schönen Urlaub leisten.

Es war im Allgemeinen eine gute Zeit, denn auch mein Kollege Felix konnte mir eben nicht mehr vorwerfen, man würde Dumping mit mir machen: Inzwischen war ich lohnmäßig auf Augenhöhe mit den anderen Kollegen gelangt.

Egal wie spät ich nach Hause kam aus der Firma, nach dem Essen machte ich einen Spaziergang an der frischen Luft, oder sogar einen Lauf im nah gelegenen Wald, und dann setzte ich mich an den

Tisch aus dem Vorraum und begann bei einer Zigarette und einem Bier, an meinen Gedichten zu arbeiten. Konsequent und hartnäckig, bis nach Mitternacht.

Ich musste schauen, zügig mein Buch fertig zu schreiben, ich war neununddreißig und Mac, mein Freund, hatte mich gewarnt: Wer bis vierzig, nichts veröffentlicht, setzt nichts mehr besonderes in die Welt.

In den ersten acht, neun, Jahren nach unserer Ausreise, haben ich und meine Frau, täglich, so lang geschafft in der Firma, weil stets Überstunden angesagt waren, dass unsere neue Heimat eigentlich nicht Deutschland war, sondern unser Betrieb.

Nachher haben wir angefangen, unsere Beziehungen auszuweiten und uns tiefer, auch außerhalb des Arbeitsplatzes, in die Gesellschaft zu begeben und versuchen, uns zu verwurzeln.

Und jetzt, seit ich in Rente bin, führe ich das immer vollständiger durch, mittels meinem Schreiben. Ich möchte mich voll einbringen in das allgemeine Geschehen, dass man irgendwann mal sagen kann: Der ist nicht nur nach Deutschland ausgereist, sondern auch in Deutschland ANGEKOMMEN.

Aber damals, wir schrieben das Jahr 1993, das sich dem Ende zu neigte, gab's plötzlich in meiner Firma, auffällig wenig zu tun: Es gingen kaum noch Aufträge ein, und es sprach sich rum, dass Entlassungen ins Haus stehen würden.

Ich bekam auf einmal Angst, dass ich meinen Job

verlieren könnte. Ich dachte, dass ich mich beim Personalchef unbeliebt gemacht hatte, weil ich zu oft in der letzten Zeit, auf eine Lohnverbesserung gedrängt hatte.

Auf jeden Fall, Anfang Dezember 1993, stellte ich fest, dass ich nachts, nachdem ich mich von meinen Gedichten trennte und ins Bett ging, nicht mehr richtig schlafen konnte.

Ich konnte auch nicht mehr richtig schreiben.

Kam ausgepowert aus der Arbeit, holte meine Gedichte aus dem kleinen Schrank, der sich neben dem Tisch im Vorraum befand, und konnte nur noch manche Kleinigkeit an ihnen korrigieren und nichts mehr Neues schreiben.

An so einem Abend, als ich in meinem Schrank wieder 'rumwühlte, fand ich auf dem Boden einer Schublade, ein zusammengefaltetes Zeitungsblatt aus einer rumänischen Literaturzeitschrift, in der damals, als mein Buch „Das Fortziehen der Dichter", in Rumänien, den Preis erhielt, mein Lektor es vorgestellt hatte.

Es waren acht, neun meiner Gedichte auf dem Blatt, mit einem Bild von mir und einem Kommentar in dem der Lektor schrieb, dass er in mir einen bedeutenden zukünftigen Dichter der rumänischen Literatur sah, falls ich meinen Weg als Autor, auf dem gleichen Niveau weiter gehen werde.

Das Zeitungsblatt war aus dem Jahr 1978, und ich schaute, bitter lächelnd, mir mein Bild an: Damals sah ich noch gut aus, hatte noch volles Haar.

Jetzt, in den letzten zwei Jahren, hatte sich mein Haar arg gelichtet und mein Gesicht war nicht mehr so schmal, sondern rundlicher geworden und leicht verformt.

Und meine Frau, meine liebe Dolores, die blühte im Vergleich zu mir immer mehr auf. Ich hätte gern, auch von meinem Aussehen her, ihr etwas mehr bieten wollen: Sie war so schön!

Und die schicken Kleider, die man hier, in Deutschland, kaufen konnte, machten sie zu einer regelrechten Augenweide.

Ich spürte, dass sich zu der Zeit, auch Minderwertigkeitsgefühle in mir aufstauten.

Mit dem Schlafen wurde es immer schlimmer, konnte kein Auge mehr zumachen nachts, ging aber nicht zum Arzt sondern weiter in die Arbeit.

Wie an jedem Jahresende, gab's auch jetzt noch einen Schub Maschinen, die man für die Bilanz, fertig bauen wollte.

So sagte ich mir: „ Du kannst jetzt nicht krank machen, da wird ein jeder gebraucht und bald ist ja Weihnachten, dann haben wir ja Urlaub und du kannst dich erholen, du holst schon auch schlafmäßig alles nach."

Ich hatte schon seit zwei Wochen nachts nichts mehr geschlafen, und in der Nacht auf einen Freitag, als ich wach im Bett lag, wollte ich mir ein Taschentuch rausholen aus dem Nachtkästchen das an meinem Bett stand.

Ich machte die danebenstehende Nachtlampe an und öffnete aus Versehen die falsche Schublade.

Drin waren keine Taschentücher sondern die Kopien von den langen Briefen an meinen Freund Mac. Vor Jahren hatte ich sie hin verstaut, und von ihnen vergessen.

Jetzt schaute ich in die Schublade rein, und erblickte oben drauf, auf den anderen Briefen, das Kuvert mit dem Brief an Miki aus Amerika, in dem ich den Kapitalismus arg kritisierte.

Ich merkte sofort, dass auf dem Kuvert eine Zeile drauf geschrieben war.

Ich las: „So, so, dann ist ja alles klar!" und, irgendwie, schräg zu der Zeile, das Wort „Hoplac".

Schnell assoziierte ich, dass derjenige, wahrscheinlich, „Voltac" hat schreiben wollen, den Namen meiner Firma.

Aber wer hatte das drauf geschrieben?!

Plötzlich blieb mir fast das Herz stehen: „DIE waren in deiner Wohnung! Der Geheimdienst hat hier alles durchsucht!", ging mir blitzartig durch den Kopf.

Eiskalter Schweiß befiel mir die Stirn.

„DIE haben bestimmt auch deine Gedichte entdeckt! Wer weiß seit wann sie schon wissen, dass du eigentlich Gedichte schreibst!", blinkte es alarmierend in meinem Hirn.

Zitternd am ganzen Leib, ging ich in den Vorraum zu dem kleinen Schrank in dem ich meine Manuskripte aufbewahrte. Ich nahm meine Gedichte raus und fing an, verzweifelt, sie zu zerreißen.

Das gleiche machte ich auch mit dem rumänischen Zeitungsblatt.

Unten, im selben Schrank, trafen meine Augen auf das vor Jahren gekaufte Buch „Bausteine für ein neues Weltbild". Ich nahm es in die Hand, blätterte in ihm und stieß dabei auf Passagen die ich mit dem Bleistift unterstrichen hatte.

„DIE haben bestimmt alles gelesen was du unterstrichen hast. DIE wissen jetzt was dich interessiert, DIE wissen wie du denkst!"
Schnellstens griff ich mir einen Radiergummi und begann hektisch die Markierungen mit Bleistift auszuradieren.
Es gelang mir aber nicht, es blieben immer noch sichtbare Bleistiftspuren.

„Du musst das wegschmeißen, weg damit, in den Müll!"
Ich lief die Treppe runter und warf das Buch in die Mülltonne.
Kam hoch und zwischen Kästchen und Wand, sah ich meinen großen Zeichenblock. Drin hatte ich drei, vier größere, ausdrucksstarke Zeichnungen mit „Biss", wie man so sagt, mit einer gewissen sozial-kritischen Botschaft. (Eine von diesen hatte ich „Überfluss" genannt und eine andere „Der Weg nach Oben". Die anderen zwei, hab ich nur vor Augen, ohne ihre Bezeichnung.) Als ich sie gezeichnet hatte, hatten sie meiner Frau und auch meiner Tochter gut gefallen.

„Weg damit", sagte ich mir, „das musst du auch vernichten!" und verriss alles in kleine Papierstücke.

Da fiel mir noch ein: „Im Schlafzimmer hast du
den Kassettenrekorder, mit der Kassette auf die du
deine Gedichte drauf diktiert hast!"
Ging ins Schlafzimmer, holte die Kassette aus dem
Rekorder raus, kam in die Küche und zerschmetterte sie mit dem Schnitzelklopfer auf der stabilen Ar-
beitsplatte.
   „Raus mit dem Zeug, in den Müll!", sagte ich mir
in meinem Wahn und lief hinaus, zur Mülltonne.
Plötzlich leuchtete es mir ein: „Umsonst wirfst du
sie in den Müll, DIE durchsuchen doch alles! Du
musst sie mitnehmen in die Arbeit, und sie dem
Meister geben!"
Ich steckte die zerschmetterte Kassette aus der das
Magnetband verworren raus hing, in eine Plastik-
tüte und diese in meine Arbeitstasche.
Und weil es grad' Zeit war, fuhr ich dann in die
Firma,und in der Halle ging ich direkt zu meinem
Meister.
Holte die zerschmetterte Kassette raus, mit dem
verworrenen Band, und gab sie ihm:
   „Hier, Georg, sind meine Gedichte drauf. Tut mir
Leid, ich wollte alles kaputt machen", und zeigte
auf das Band.
   „Macht nichts, Martin. Das kriegt man schon
noch hin", antwortete Georg, sichtlich überrascht
vom Ganzen.
   „Ich weiß nicht", fuhr er fort, „chch! Chch! Ich
hab' ein Frosch im Hals, ich kann nicht mehr
reden!", röchelte er.
Und dann ging er mit der Kassette in Richtung

Büroräume.

Ich machte mich an die Arbeit und als er zurück-
kam, und an mir vorbeigehen wollte, sprach ich ihn
an:

„Georg, ich hab' hier keinem erzählt, aber ich hab
zu Haus Gedichte geschrieben. Ich soll dir eins
vortragen."

Und ich trug ihm, aus dem Gedächtnis, einen Vierzeiler vor.

Er hörte sich ihn an, neigte den Kopf zur Schulter,
zog leicht die Augenbrauen hoch und sagte:

„Hört sich nicht schlecht an!"

Ich musste an dem Tag Endmontage an einem kleineren Scheibenschneider machen, und ich merkte,
dass ich mich schwer tat.

Zwei Wochen hatte ich nichts mehr geschlafen und
jetzt zitterten mir die Knie und die Hände.

Ich hatte mich nicht mehr im Griff. Gefühllos
schaffte ich aber weiter und überdrehte dabei zwei
Befestigungsschrauben an den Ventilsteckern so
stark, dass ich sie abgebrochen hab'. So was war
mir noch nie passiert! Zwei Schrauben, nach einan-
der, kaputt gedreht!

Ich zeigte es dem Georg.

Der sagte wir müssten den ganzen Ventilblock mit
einem neuen austauschen und an dem alten, die ab-
gebrochenen Schrauben mal später raus bohren.

Irgendwie, auf jeden Fall nicht einfach, machte ich
dann Feierabend und begab mich mit dem Auto auf
den Nachhauseweg.

Unterwegs musste ich tanken.

Fuhr in die Tankstelle rein, wo auch andere an den Säulen tankten, und als ich aus dem Auto ausstieg, hatte ich plötzlich den eindeutigen Eindruck, dass alle die anwesend waren, mich kannten!

Dass sie wegen mir da sich befanden.

Dass sie mich verfolgten, also dass sie vom deutschen Geheimdienst waren!

Mit zitternden Händen hing ich die Zapfpistole in ihren Halter ein, und ging an die Kasse um zu zahlen. Stellte mich an die Schlange, holte den Geldbeutel raus, und es kam mir vor, dass derjenige der hinter mir stand, sich auffallend stark den Hals dehnte und mir über die Schulter, tief in die geöffnete Geldbörse schaute.

Alles um mich herum war sehr seltsam und, irgendwie, surreal.

Als ich daheim die Wohnungstür öffnete sah ich, dass im Vorraum, am Tisch, meine Tochter und meine Dolores saßen mit der Christa, die Frau meines Cousins.

Die war vorher mit dem Bus aus Rumänien eingetroffen und hatte uns frisches Schweinefleisch und Wurst mitgebracht, denn sie hatten grad geschlachtet.

Ich zog mich um und setzte mich an den Tisch um was zu essen.

Dabei redeten wir über Verschiedenes und die Christa sprach mich an:

„Ich weiß nicht, du Martin, was das heißen soll. Wir haben den Ausreiseantrag in die BRD seit drei

Jahren gestellt, und wir haben auch heut' noch nicht die Genehmigung erhalten. An was könnte es liegen und was könnten wir machen?", fragte sie mich und schaute mich, irgendwie, beschuldigend an.

(Wir schrieben das Jahr 1993 und seit 1990 durfte ein jeder aus Rumänien problemlos auswandern, wohin er wollte. Es gab keine Diktatur mehr.)

Ich spürte einen Stich im Herzen und dachte: „In den rumänischen Behörden sind bestimmt immer noch die „alten" Securitateleute und weil du damals deine Ausreise hast erpresst, machen sie jetzt deinen Anverwandten Schwierigkeiten."

Große Schuldgefühle befielen mich, aber ich ließ mir nichts anmerken und sagte der Christa, sie müssten beharrlich in Audienzen für die Genehmigung vorsprechen. Die meisten von unseren Siebenbürger Sachsen waren schon nach Deutschland ausgereist.

Am nächsten Tag, Samstag, sollte ich dann die Christa zu ihrem Bruder nach Bonn fahren und so gingen wir, an dem Abend, auch rechtzeitig schlafen.

Im Bett fand ich nicht meinen Platz.

Seit zwei Wochen hatte ich kein Auge mehr zugemacht und jetzt machten mir auch noch allerhand Schuldgefühle zu schaffen: Warum verfolgte mich der Geheimdienst?

Ich versuchte selbst mir die Antwort zu geben:
Weil ich von Anfang an aufgefallen war, mich nicht ruck-zuck angepasst hatte, das politische System

der BRD hinterfragt habe.

Der Rest von meinen Landsleuten hatten sich fließend, ohne zu meckern, angepasst.

Weil mein kleines Volk der Siebenbürger Sachsen sich immer loyal verhalten hat gegenüber dem Staat wo es grad lebte.

Mit meiner Unangepasstheit hatte ich Schande über mein anständiges Völkchen gebracht.

„Du hast dich aus der Mitte deines Volkes entfernt!", klagte ich mich selbst an und große Schuldgefühle überwältigten mich.

Ich wälzte mich unter der Decke hin und her und gegen Morgen, entschloss ich mich aufzusteh'n.

Ich zog mich schon an für die Fahrt nach Bonn, und ging in die Küche, für uns alle das Frühstück vorzubereiten.

Als ich damit in der Küche beschäftigt war, hörte ich plötzlich Stimmen.

Es war gegen vier Uhr morgens und es schien, als kämen die Stimmen vom Treppenhaus her .

Ich näherte mich leise der Wohnungstür, hatte den Eindruck, dass auf der anderen Seite, an unserer Tür jemand lauschte.

Ich öffnete blitzschnell die Tür, um denjenigen zu überraschen.

Aber draußen war niemand. Das Treppenhaus war leer.

Ich kam zurück in die Küche, und hörte wieder Stimmen. Diesmal stellte ich aber fest, dass sie in meinem Kopf waren!

„Hör her, Junge," hörte ich eine Stimme die ich einem Geheimdienstler zuordnete, „du schreibst Gedichte und das darfst DU nicht!! Dafür braucht man einen Hochschulabschluss!

Du bist nicht mehr in Rumänien hier, bei den Kommunisten. Sondern in Deutschland, im Land der Experten und Spezialisten!

Du hast was Verbotenes gemacht und wenn du dich nicht sofort umbringst, bringen wir deine Familie um und fangen an mit deiner Tochter!"

Ich schaute grad zum Fenster raus und hatte auf dem benachbarten, bewaldeten, Hang von der anderen Straßenseite, die hohe Funkantenne ins Auge gefasst über deren Zweck ich früher immer gerätselt hatte.

Plötzlich kam aus der Richtung der Antenne, telepathisch, ein Befehl in meinem Kopf an:

„Nimm das Messer und mach Schluss!"

Und dann ging's schnell, Schlag auf Schlag: Ich griff mir das große Küchenmesser, setzte es mir an die Kehle und schnitt.

Ich schnitt zwei, drei Mal und riss dabei mehr als ich schnitt, denn die Klinge war nicht grad scharf.

Ich führte einen Schnitt auch am Hals, im Nacken aus, eine größere Ader suchend.

Dann sagte ich mir: „Du musst dir, zur Sicherheit, auch ins Herz stechen." Was ich auch tat.

Ich stieß mir das Messer in die linke Brustseite, tief, bis ich spürte, dass die Spitze, innen, auf etwas getroffen hatte.

Dann wurde es mir schwindlig und ich sank zu

Boden. Ein Stuhl fiel um. Ich lag in meinem Blut und wiederholte immer wieder im Kopf:

„Ich habe trotzdem gelebt! Ich habe trotzdem gelebt!"

Die Küchentür ging auf und meine Dolores beugte sich über mich:

„Schatz, was hast du gemacht?", murmelte sie entsetzt.

„Ich will nicht mehr leben!", brachte ich noch zum Mund heraus und fing an zu weinen.

„Ich hol schnell Handtücher" sagte meine Dolores der Christa die mit meiner Tochter inzwischen auch hinter ihrem Rücken erschienen waren.

Sie gab die Handtücher der Christa und diese presste sie mir auf die Wunden.

Ich hörte meine Dolores wie sie am Telefon den Notruf wählte und nach kurzer Zeit trafen die Sanitäter ein.

Sie hoben mich auf die Trage.

„Die Stimmbänder sind nicht verletzt", sagte einer und setzte mir eine Maske aufs Gesicht, mit den Worten:

„Sie werden nun schlafen, Herr Szegedi."

*

Ich weiß nicht wie lange ich unter Narkose war. Auf jeden Fall, als ich aufwachte, sah ich mich in einem Bett liegen und um mich herum allerhand Geräte, an die ich angeschlossen war.

An meinen Füßen, am Bettende, irgendwo an der Wand, saß auf einem Stuhl, ein Mann mittleren Alters, mit auf der Brust verschränkten Armen. Mir war klar, dass er vom Geheimdienst war.

Ganz wach war ich noch nicht, denn ich hörte wie durch einen Nebel, Glocken läuten und Bruchstücke von einem Gespräch, als würde sich, irgendwo in der Nähe, ein Mann mit einer Frau unterhalten:

„Der Kanzler ist tot", sagte der Mann und ich dachte mir, dass deswegen die Glocken läuteten und hatte das eindeutige Gefühl ich wär für seinen Tod schuldig.

„Wieso ist der Patient nicht gestorben?", fragte die unsichtbare Frau.

„Er hat sich keine lebenswichtige Organe verletzt", antwortete der Mann.

Ich wurde klarer im Kopf und fragte mich: „Wie wirst du jetzt essen? Du hast dich doch so schlimm am Hals zugerichtet!"

Dann sah ich eine Krankenschwester sich meinem Bett nähern.

„Wieso lebe ich noch, Schwester?", fragte ich sie leise und beklommen.

„Sie haben Glück gehabt, großes Glück", antwortete sie mir und schaute mich mit einem, irgendwie, liebevollen Blick an.

„Ich hab mir doch auch ins Herz gestochen", fuhr ich fort.

„Sie haben es nicht getroffen", lächelte sie.

„Wieso denn nicht? Es ist doch hier!", sagte ich und legte mir die Hand auf die linke Brustseite.

„Nein, es ist nicht dort."

„Wo ist es dann?", fragte ich sie. „Zeigen sie es mir, bitte!"

Sie zögerte und lächelte.

„Zeigen Sie es mir, bitte!", bat ich sie erneut.

Und sie legte ihre Hand auf meine Brust, etwas weiter oben von der Stelle wo ich eingestochen hatte.

Dann war ich, irgendwie, wieder weg.

Als ich die Augen wieder öffnete, saß die Schwester neben meinem Bett.

„Schwester", sagte ich, „ich schreib' Gedichte."

Und brach in Tränen aus.

Ihr Blick wurde sehr ernst, sie erhob sich vom Stuhl und verschwand schnell, als hätte sie das irgendwo melden müssen.

Nach einer Weile kam sie zurück, mit einem Teller in der Hand.

„Sie müssen was essen", sagte sie mir, „dass Sie zu Kräften kommen!"

Ich richtete mich im Bett auf ins Sitzen, obwohl ich noch an all den Geräten hing, und sah, dass im Teller Sulze war.

„Das ist weich", dachte ich mir, „vielleicht schaffst du das, mit deinem verletzten Hals runter zu schlucken."

Und es hat auch erstaunlicherweise problemlos geklappt. Dazu hat auch noch die Sulze überragend gut geschmeckt!

Ich legte mich wieder auf den Rücken ins Bett, und meine Dolores, die plötzlich neben mir stand, reichte mir ein Kreuzworträtsel-Heft und einen Bleistift, mit den Worten:

„Ich hab dir was mitgebracht, Schatz."

Ich fing an Kreuzworträtsel zu lösen.

Ich schaffte die erste Definition, die zweite auch und die dritte hieß „GEGEN", die Lösung bestehend aus vier Buchstaben. Ich trug ein: „ANTI".

Und plötzlich „leuchtete" es mir ein: auch das Heft war vom Geheimdienst manipuliert!

Mit diesem „ANTI" wollte man mir zu verstehen geben, dass der Geheimdienst weiß, dass ich „gegen" das System der Bundesrepublik bin.

Ich warf das Heft und den Bleistift auf den Boden, rufend:

„Ich halt' das nicht mehr aus!"

Und mich überwältigten dabei wieder die Tränen.

Die Schwester verschwand geschwind und dann ging es Schlag auf Schlag: Sanitäter kamen, legten mich auf eine Trage, brachten mich in einen Krankenwagen und der fuhr los, in die Nacht.

*

Nach ungefähr einer Stunde Fahrt, kamen wir an: in die psychiatrische Klinik aus Bad Schussenried. Auf meinen Wunsch, verließ ich nicht auf der Trage, sondern auf meinen eigenen Beinen den Krankenwagen und nahm Platz in einem größeren Raum, wo auch andere Kranke warteten, neben der Tür zum Arztkabinett.

Nach einer Weile bat man mich einzutreten.

Drin saß der Arzt an seinem Tisch, auf dem offen, wahrscheinlich, meine Überweisungspapiere lagen. Er bat mich mein Hemd auszuziehen und untersuchte mir die Verletzungen am Hals und in der Herzgegend.

„Sie haben sich aber schlimm zugerichtet", sagte er und schaute mich an mit einem gekränkten Blick.

Ich zuckte hilflos mit den Schultern.

„Wie konnten Sie sich so was antun?", fuhr er fort mit ernster, leiser Stimme.

Ich erzählte ihm, dass ich zwei Wochen nicht geschlafen hab', trotzdem aber in die Arbeit ging und, dass ich an dem Morgen zum Küchenfenster rausschaute zur Funkantenne und, irgendwie, aus ihrer Richtung, telepathisch, den Befehl bekam: „Nimm das Messer und mach Schluss!"

Der Arzt schaute mich baff an:

„Sie werden doch nicht denken, dass wir in unserer Gesellschaft Leute in den Selbstmord zwingen!" sprach er mich konsterniert an.

Ich senkte den Kopf und brach in Tränen aus.

Man sagt, man lacht und weint dann, wenn einem was anderes nicht mehr übrig bleibt.

„Ziehen Sie sich, bitte, an. Sie leiden an paranoider Schizophrenie, aber wir werden Sie schon wieder gesund machen!" sagte er noch und klopfte mir sanft auf die Schulter.

Eine Schwester brachte mich dann auf die

Krankenstation in mein Zimmer, wo neben meinem
Bett, auch noch ein anderes, freies, war.

*

Es waren noch zwei, drei Tage bis Weihnachten
und die Station war voller Kranke.
Immer wieder gab es neue Zugänge.
Man hatte mir, von Anfang an, selbstverständlich,
auch Psychopharmaka zum Einnehmen gegeben.
Drei Mal am Tag und keine geringe Dosis.
Denn ich merkte nach einer Zeit, dass ich nicht
mehr sitzen konnte und auch nicht mehr liegen.
Ich musste mich ständig bewegen, hin und her spazieren auf dem, zum Glück, langen U-förmigen
Flur der Station.
Da in einer Ecke auch ein Fernseher lief, war ich
schon immer gespannt gewesen auf das was man in
den Nachrichten brachte.
Besonders interessierte mich, ob der Kanzler tatsächlich tot war, wie ich damals auf der Intensiv-
station, aus dem Gespräch des unsichtbaren Mannes und der unsichtbaren Frau „mitbekommen"
hatte.
Und da zeigte man auf dem Bildschirm plötzlich
den Kohl. Ich war erleichtert: Also der Kanzler
lebte!
Auf dem langen Flur der Station, spazierten
zusammen mit mir auch andere Patienten und ich
versuchte fast mit einem jeden, ein Gespräch ein-
zufädeln. Ich wollte zurück ins Leben finden, so

schnell wie möglich wieder in die Arbeit zurück
kehren, für meine Lieben wieder Geld verdienen.
So machte ich Bekanntschaft mit einem etwas älteren Herr, der, wie er mir erzählte, noch ein paar mal
auf dieser Station interniert war und seit ewig den
Lehrerberuf an einer Behindertenschule ausübte.

„Ich bin beschäftigt in Gottes Steinbruch, Herr
Szegedi" sagte er mir einmal, mit einem bitteren
Lächeln im Gesicht. Er war manisch-depressiv aber
ein guter Gesprächspartner, so dass ich gern mit
ihm auf dem Flur hin und her spazierte. Wir wurden sehr vertraut.

An einem Tag wagte ich ihm zu erzählen:

„Herr Professor, ich hab' vorher geduscht und
hab' gemerkt dass etwas mit meinem Sextrieb nicht
mehr stimmt. Es ist nicht mehr wie früher."

„Wundern Sie sich nicht, Herr Szegedi", sagte er,
„Sie sehn ja, man pumpt uns hier voll mit
Psychopharmaka. Aber es kommt schon wieder
alles in Ordnung. Ich hoff' nur, dass Sie eine Frau
haben, die sich eine Zeit lang gedulden kann.
Meine hat es nicht geschafft und hat mich mit zwei
kleinen Kindern gelassen und einem Haus das nicht
abbezahlt ist."

Als ich einmal in mein Zimmer zurückkehrte,
merkte ich, dass die großen Bilder die an den
Wänden hingen, fehlten. Eins lag auf dem Tisch,
das andere auf einem Stuhl und noch eins auf dem
freien Bett.

Weil ich nicht wusste was da passiert war, holte
ich eine Schwester und zeigte ihr die abgehängten

Bilder.
Sie hing sie wieder zurück an die Wand und erklärte mir lächelnd:

„Wir haben auf der Station einen Patienten, der sucht überall nach einem versteckten Ausgang."

*

Am ersten Sonntag in der Klinik befand ich mich nachmittags wieder unterwegs, spazieren im langen Flur der Station, als plötzlich die Eingangstür aufging und ich sah meine Frau eintreten, gefolgt vom jungen Chef meiner Firma und seiner Mutter.
Ich freute mich sehr, ging auf sie hinzu, umarmte und küsste meine Dolores und gab die Hand meinem Chef und seiner Mutter.
Wir nahmen Platz im Besucherraum und meine Frau, die damals noch keinen Führerschein hatte, erzählte mir, dass die Mutter meines Chefs am Vortag sie angerufen und ihr gesagt hätte, sie würden mich gern zusammen mit ihr in Bad Schussenried besuchen.
Und so saßen wir jetzt beisammen, redeten über Verschiedenes und ich gab mir Müh' dabei gut aufgelegt zu scheinen und lenkte auch manchmal die Diskussion ins Scherzhafte rüber.
Denn ich merkte, dass sie alle eigentlich besorgt wegen mir waren.
So fragte mich auch die Mutter von meinem Chef, wie es mit mir so weit hat kommen können, denn es gäbe doch für alles eine Lösung wenn man ein

Problem hat und man hätte mich als einen vernünftigen Mitarbeiter und rationalen Menschen gehalten.

Ich antwortete etwas Pauschales, dass ich verzweifelt bin gewesen und erzählte ihnen keine andere Details.

Nach einer Zeit verabschiedeten wir uns, ich küsste meine Dolores und ging auf mein Zimmer mit der vollgepackten Reisetasche, die man mir mitgebracht hatte. Drin waren Handtücher, frische Unterwäsche, Socken und andere Kleider so wie auch noch ein neuer Elektrorasierer.

Bis dahin hatte ich mich mit Klingen rasiert, aber meine Dolores, klug und bedacht wie sie immer war, dachte sich, dass ich mich wegen der Wunde am Hals, mit Klingen nicht mehr rasieren kann.

Ich war froh, dass ich sie nochmal gesehen hatte, aber gleichzeitig auch traurig: Ich hatte mitbekommen, dass ich längere Zeit in der Klinik bleiben musste, um ausreichend Abstand zu meiner Tat zu bekommen.

Gegen Abend belebte sich der Flur, es spazierten mehrere Patienten auf ihm hin und her, aber ich war ganz in mich gekehrt und hatte keine Lust mit irgend jemandem zu reden.

Ein Pfleger, der mich kannte und grad seinen Nachtschichtdienst angetreten hatte, grüßte mich mit seiner heiteren Art und merkte, dass ich betrübt war.

„Komm mal, Martin, komm mal mit", sagte er und machte mir Zeichen ich soll ihm in sein

Zimmer folgen. Was ich auch tat.

Er ging zu einem Schrank, holte aus einer Packung eine Tablette raus, goss in ein Glas etwas Wasser, streckte mir dies und die Tablette entgegen und sagte:

„Schluck das!", und lächelte mich ermunternd an. Ich schluckte die Pille und ging wieder auf den Flur.

Nachdem ich ein paar Runden gedreht hatte, fing ich an die Leute anzusprechen und merkte nach kurzer Zeit, dass ich sehr gut drauf war.

Ich begann Witze zu reißen mit den Patienten und wenn ich grad mit niemandem schwätzte, pfiff ich leise sogar manche Melodie vor mich hin.

Mehr als eine Stunde war ich plötzlich so guter Dinge, dass es mir selber aufgefallen ist, nicht nur den andern.

Aber dann war auf einmal dies' Strohfeuer vorbei, ich fiel wieder in mich hinein und ging trüben Gedanken nach.

Am nächsten Abend, als derselbe, nette, Pfleger seinen Dienst antrat, ging ich zu ihm und fragte:

„Hör mal, Sascha, hast du nicht noch so eine Tablette für mich?"

Der Pfleger lächelte, packte mich freundlich am Oberarm und sagte:

„Ich darf dir keine mehr geben, sonst wirst du abhängig. Gestern merkte ich, dass du ganz unten warst und wollte dir nur zeigen, dass wir auch sogenannte Feuerwehrtabletten haben. Aber nur für den Notfall. Du wirst schon gesund auch ohne.

Und wenn auch deine Krankheit immer mal wieder kommt, mit dem Alter wird es besser."

„Sascha", fragte ich, „gibt es nicht ein Mittel um schneller älter zu werden?"

Er lachte laut, sagend: „Du packst das schon!" und klopfte mich tröstend auf die Schulter.

Ich hab' die „Feuerwehrpille" auch nie mehr verlangt: Es war wahrscheinlich eine Droge.

An einem Wochenend kam dann auch mein Meister, der Georg, mit meiner Dolores zu mir, die sich inzwischen entschlossen hatte, auch den Führerschein zu machen.

Sie brachten mich nach Hause, nach Edenheim, und am nächsten Tag wieder zurück, nach Bad Schussenried.

Ich spürte, dass man mich nicht allein lassen wollte, dem Schicksal ausgeliefert, zum Fraß.

*

Drei Monate musste ich in der Klinik bleiben, Zeit in der man mich mit Psychopharmaka vollstopfte und ich oft nicht liegen konnte und nicht sitzen.

Vormittags ging ich zur Arbeitstherapie, in die Werkstatt des Krankenhauses, wo ich am Anfang Schlosserarbeiten erledigte, dann elektrisch schweißen lernte und noch etwas was mir besonders gefallen hat: Ich brachte mir selbst die Kunst des Kupferstiches bei!

Zwei solche größere Kupferstiche hängen auch
heut' noch daheim, in unserem Vorraum, neben den
noch schöneren, farbigen Bildern, die meine Dolores gemalt hat.
Ich hatte sie schon immer bewundert, wie sie ohne
Staffelei, einfach so auf dem Wohnzimmertisch,
ihre Bilder bis ins kleinste und feinste Detail, in Öl,
so lebendig-frisch und farbenmäßig Ausdruck stark
gestaltete. Es war filigrane Geschicklichkeit gefragt
und die ganz raffinierte Technik hatte sie sich auch
selbst beigebracht.
Ich sagte zu ihr mal, als sie wieder am Malen war:
    „Deine Geduld möchte ich haben, Dolores!", und
streichelte sie mit der Hand übers Haar.
Sie malte mit Vorliebe Blumen nach Vorlage, aber
ihre Bilder übertrafen bei weitem, eindeutig, das
Original.

*

Nach drei Monaten Klinikaufenthalt, obwohl mir
noch Wahnvorstellungen zu schaffen machten, die
ich den Ärzten aber verschwieg, kehrte ich zurück
nach Edenheim und ging auch gleich in die Arbeit.
Mein Meister empfing mich gut gelaunt und sagte
mir was ich zu tun hatte, erwähnend ich soll die
Sache halt langsam angehn.
Dann fragte er mich noch:
    „ Ich weiß immer noch nicht, Martin, wie es mit
dir so weit hat kommen können. Es hat uns alle
überrascht."

Ich antwortete ihm:

„Georg, ich hab unter anderem auch Angst gehabt, dass man mir kündigt. Denn man redete, es stünden Entlassungen ins Haus."

„Wie soll man DICH entlassen?", wunderte er sich. „Du hast doch deine Sache immer gut gemacht."

Ich zuckte aus den Schultern.

Etwas später kam er zu mir:

„Du sollst bis zum Bergstein, zum Fertigungsleiter, ins Büro gehen. Er möchte dich sprechen."

Ich machte mich auf den Weg zu den Büroräumen und klopfte an die Tür des Fertigungsleiter, der auch Personalchef war.

Man bat mich rein und der Herr Bergstein stand von seinem Tisch auf, gab mir die Hand und bot mir einen Stuhl an.

„Wie sieht's aus, Herr Szegedi?", fragte er mich mit weicher Stimme und schaute mich, irgendwie, besorgt an.

„Gut, Herr Bergstein. Ich freu mich, dass ich wieder an meine Arbeit kann."

„Wir haben uns Sorgen um Sie gemacht, Herr Szegedi, wir sind sprachlos. Wie konnten Sie sich so was antun?"

„Herr Bergstein, als ich mit vierzehn konfirmiert wurde, hat mir mein Großvater gesagt: Mein Kind, du sollst so leben, dass niemand nicht einmal weiß, dass es dich gibt!"

Ich sagte das und brach in Tränen aus.

„Herr Szegedi", sagte mein Fertigungsleiter mit ernstem Blick, „das kann man nicht. Auch in unserer Gesellschaft gibt es gewisse Zwänge…"

An den Rest was er noch sagte, erinnere ich mich nicht mehr, ich war zu aufgewühlt.

Auf jeden Fall, er legte mir die Hand auf die Schulter und sagte:

„Gehen Sie ruhig an Ihre Arbeit. Ich wünsche Ihnen alles Gute."

Ich kehrte in die Halle, an meinen Arbeitsplatz, zurück.

Weil ich so lang krank war, hatte man meinen Teil der Werkbank als Ablage benutzt, allerhand Sachen drauf verstaut und jetzt fing ich an, das wegzubringen, mir Platz zum Schaffen zu machen.

Auf der unteren Ablageplatte meiner Werkbank waren mehrere leere Kartons.

Als ich mich bückte um sie wegzuräumen, sah ich, dass auf einem größeren Karton jemand mit dem Filzstift, gut sichtbar, das Wort KAROSHI geschrieben hatte.

Ich begriff gleich, dass man das Wort offensichtlich so drauf geschrieben hatte, dass ICH es sehen sollte.

Wir hatten uns, kurz bevor ich krank wurde, lustig gemacht über die japanische Arbeiter, die aus übertriebenem Pflichtbewusstsein gegenüber ihrem Arbeitgeber, Selbstmord begingen.

„Du hast auch KAROSHI begangen, das wollen dir deine Kollegen sagen" schloss ich daraus, verriss den Karton und warf ihn ins Altpapier.

Ich machte mich wieder an die Arbeit und merkte, dass ich manche Anlaufschwierigkeit hatte.

Drei Monate hatte man mich vollgepumpt mit Neuroleptika in der Klinik und vorher hatte ich ja einen totalen Nervenzusammenbruch erlitten: Mein Hirn war einfach explodiert!

In meinem Kopf lagen allerhand Trümmer herum, diesem Eindruck wurde ich nicht los. So musste ich nun alles wieder zusammenfügen und in Ordnung bringen.

Glücklicherweise war die Konjunktur in ganz Deutschland etwas abgeflaut und auch in unserer Firma ging alles Treiben nicht mehr hektisch, sondern ruhig vor sich hin.

Weil ich in den vorherigen neun Jahren stets bestrebt war, die Arbeitsvorgänge bis ins kleinste Detail mir richtig anzueignen, hätte ich manches auch mit geschlossenen Augen schaffen können.

Ich kannte auch die Schaltpläne von den vielen Typen Scheibenschneidern auswendig.

Dies alles kam mir jetzt zu Gute, wo mein Gehirn, irgendwie, noch wund war.

Hätte man mich entlassen, wär ich nicht im Stand gewesen, in einer anderen Firma, Neues zu erlernen, neue Aufgaben zu erledigen. Ich wär daran kaputt gegangen.

Dank der Fliehkraft meiner Erfahrung konnte ich bei „Voltac" zügig wieder hineinfinden ins richtige Schaffen.

In meinem Kopf waren, irgendwie, die Worte des Personalchefs hängen geblieben: „Auch in unserer Gesellschaft gibt es gewisse Zwänge…"
So wendete ich mich einmal an meinen Kollegen Felix, mit den Worten:

„Weißt du, Felix, ich hätte auch nicht so hartnäckig drängen sollen, dass man mich in die fünfte Lohngruppe einstuft."
Der schaute mich perplex an:

„Du wirst doch nicht bereuen, dass du dir endlich das erkämpft hast, was dir schon lange zugestanden hat?! Martin, Martin, was geht dir durch den Sinn? Du wirst doch nicht deswegen dir vorgenommen haben, dich umzubringen?!"

„Apropos", fuhr er fort, „nachdem wir von deinem Selbstmordversuch erfahren haben, waren wir an einem Tag im Skiklub, beim Mittagessen. Da hat der Kollege Dietmund rein in die Runde geschwätzt: „Unser Szegedi ist übergeschnappt, er wollte sich das Leben nehmen!"
Und Dietmund hätte gekichert, erzählte Felix und fuhr dann weiter:

„Ich hab ihn mit dem Ellenbogen angestoßen und ihn angefahren: Verschwinde, Satan! Wie kannst du über so was lachen?!"
Wir waren bei „Voltac" alle nicht nur Kollegen, sondern MENSCHEN, jeder mit seinen Licht- und Schattenflecken.

*

Nach nicht langer Zeit, beschloss die Firmenleitung in alle Maschinen, elektronische, computergestützte Steuerungen einzubauen.

Von nun an war auch meine Fähigkeit Schütz- und Relaisschaltungen zu entwerfen oder zu erweitern, nicht mehr gefragt.

Gefragt waren, ab jetzt, und herausgefordert, in erster Reihe, die Programmierer. DIE waren die Matadoren der Zukunft.

Aber wir, als Elektriker, waren immer noch gebraucht um die Hardware und die Elektronik in die Maschinen zu installieren.

Wir mussten ab jetzt NOCH sorgfältiger arbeiten. Beim Verdrahten keinen Fehler machen, denn die elektronischen Bauteile waren teuer wenn etwas kaputt gegangen wär.

*

Außerhalb der Firma, beschloss ich, im Allgemeinen, mich gänzlich um 180 Grad zu ändern.

Bis dahin hatte ich zu introvertiert gelebt, zu viel gegrübelt. Ich beschloss, mich nach AUSSEN zu richten: Gedichte, wusste ich nun, dass ich nicht mehr schreiben durfte und auch das Lesen zog mich nicht mehr an.

Denn in den Büchern die ich versuchte zu lesen und sogar in der Tageszeitung, traf ich auf „Botschaften" die direkt an mich gerichtet schienen.

So entschied ich mich nichts mehr zu lesen. Was vermeidbar war, musste ich vermeiden, sowieso

fühlte ich mich ständig beobachtet überall und was
immer ich auch tat.

Jeden Sonntagmorgen ging ich in eine nahe gelege-
ne Gaststätte, wo ich mit meinem Schwager und
seinem Neffen drei Stunden lang Karten spielte.
Ich besuchte auch einen Anglerkurs und bestand
die Prüfung für den Angelschein.

„Du musst dich nach AUSSEN richten, dich wie
alle Siebenbürger Sachsen anpassen. Hast ja ge-
sehn, der Weg in dein Selbst hinein, endete in einer Sackgasse. WERDE WIE DIE ANDERN!"
So sagte ich mir.

Gleichzeitig spürte ich, dass sich etwas Höheres
mir angenommen hatte: WER oder WAS es war,
kann ich bis auf den heutigen Tag nicht sagen.
Auf jeden Fall, in jeder Glühbirne „sah" ich eine
versteckte Kamera die mich filmte und in jeder
Steckdose vermutete ich ein Mikrophon über das
man mich abhörte.

Wir hatten einen Fernsehapparat im Wohnzimmer
und einen kleineren im Schlafzimmer und nun war
ich überzeugt, dass man uns durch den Bildschirm
zuschaute was wir grad machen im Haus. Man gab
ja immer wieder die Einschaltquoten bei gewissen
Sendungen bekannt, also sahen die in jedem Haus
was man sich anschaute, dachte ich.

Wenn ich grad Nachrichten guckte und der Spre-
cher hüstelte, sich räusperte, vernahm ich das als
ein Signal an mich: „Pass auf was du tust, wir sehen alles. Du musst dich ändern und anpassen!"

Und pflichtbewusst wie ich schon immer war, machte ich auch das pingelig genau.

Wenn Werbung im Fernsehen kam, schaltete ich nicht mehr auf ein anderes Programm: „Du musst dir das anschauen. Jeder Werbespot ist auch für dich gemacht, dass du weißt was es alles zu kaufen gibt" sagte ich mir.

Meine Dolores regte sich immer wieder auf:

   „Schalt einmal weg von der Scheiß Werbung, was schaust du dir das Zeug in der letzten Zeit so lang an?!"

Schweren Herzens schaltete ich dann um.

Bevor ich krank wurde, als ich mir morgens aus dem Briefkasten die Zeitung holte und auch ein Stoß Werbungsprospekte dabei war, warf ich diese, ohne sie auch nur mit einem Blick zu würdigen, gleich ins Altpapier.

Jetzt, schon bevor ich die Zeitung anfing zu lesen, nahm ich mir die mitgelieferte Werbung vor und schaute mir im Detail alles genau an.

   Im Laufe der Jahre hatten wir immer wieder Senf gekauft und nach Gebrauch, die Gläser nicht weggeworfen sondern sie als Trinkgläser verwendet, für Wasser oder Bier. Gegenüber den hohen und engeren Standardgläsern, ließen sie sich leichter spülen, sie waren nicht hoch und hatten eine größere Öffnung.

Wenn ich jetzt Wasser trinken wollte, sagte ich mir:

   „Du darfst kein Senfglas mehr verwenden." Ging zum Wohnzimmerschrank und holte mir aus der Minibar ein „richtiges" Standardglas.

In der Küche hatten wir eine Rolle Papierhandtücher auf einem Halter an der Wand.

Bevor ich krank wurde und ich mich in der Küche befand und mir grad die Nase lief, riss ich mir ein Papierfeld von der Rolle, schnäuzte mir die Nase und warf es in den Mülleimer.

Jetzt sagte ich mir: „Das darfst du nicht mehr." Ging in den Abstellraum und holte mir ein Tempotaschentuch, putzte mir die Nase und spülte es runter im Klo.

Ich war fest entschlossen, dieser „höheren Instanz" die alles was ich tat verfolgte, zu beweisen, dass ich bereit bin mich bis ins kleinste Detail zu ändern, mich anzupassen und alles richtig zu machen, hoffend, dass man mich dann nicht mehr in den Selbstmord treibt.

Wenn ich morgens in die Tiefgarage ging um in die Arbeit zu fahren und da auch ein Nachbar sich befand, war ich überzeugt: Der ist nur wegen mir da, den hat man „geschickt" um auf mich aufzupassen.

Nach der Arbeit fuhr ich Einkaufen, parkte auf dem großen Parkplatz, stieg aus dem Auto aus und wenn einer daneben aus dem Einkaufswagen grad das Eingekaufte in den Kofferraum seines Autos verstaute, dachte ich mir: Den haben sie auch „geschickt" um nach mir zu schauen.

Ich war überzeugt, dass wir alle, bis auf die Mikrosekunde genau, ferngesteuert sind von dem Haufen Elektronik, die über uns, im All herum schwirrt.

Diesen Verdacht hatte ich auch meinem Psychiater,

dem Herr Odenwald, geäußert. Der hat laut gelacht und gesagt:

„Dann hätten wir es ja, endlich, im Griff, Herr Szegedi! Es ist aber leider nicht so. Nehmen Sie, bitte, zwei Tropfen Fluanxol mehr pro Tag."

Fuhr ich mit dem Auto auf eine Kreuzung hinzu, und die Ampel wechselte grad von Rot auf Grün, sagte ich mir: „DIE wollen dir zeigen, dass sie dir wohlgesonnen sind, und dass man dich eigentlich lieb hat und machen dir den Weg frei. Nur musst du dich ändern und anpassen."

Ich hatte nicht immer nur Stress weil ich stets mich verfolgt und beobachtet fühlte.

Es gab auch manches magische Erlebnis, wenn diese „höhere Instanz" mir gewisses seltsames Hintergrundwissen über die Welt vermittelte.

Als ich mal daheim, auf dem Balkon, dem Vogel-gezwitscher zuhörte, machte man mir eben „telepathisch" bekannt, dass man neuestens auch die Sprache der Vögel entziffert hatte aber das geheim gehalten wird.

Zu der Zeit lief oft im Radio oder Fernsehen der Schlager „Gefühle haben Schweigepflicht" von Andrea Berg. Jedes Mal wenn ich das Lied hörte, vernahm ich es als Botschaft an mich, weil ich in meinen Gedichten viel über Gefühle geschrieben hatte. Was eigentlich ich nicht hätte machen dürfen, denn in unserer Gesellschaft muss man über Ge-fühle schweigen. So hieß es doch im Lied!

Einmal ging ich mit meiner Dolores auf einen Osterball, und in dem Moment als wir den Saal betraten, stimmte die Musikband ein Lied an und der Solist sang: „Heute habe ich an dich gedacht". Ich vernahm den Text direkt an mich gerichtet.

Die „höhere Instanz" wollte mir damit signalisieren, dass man sich liebevoll um mich kümmert, mich auf den richtigen Weg zu bringen.

Angst befiel mich jedes Mal, wenn ich das Lied „Zehn kleine Jägermeister" hörte, von „Die toten Hosen".

Da hieß es im Refrain:

„Einer für alle, alle für einen,
wenn einer weg ist,
wer soll denn dann weinen…"

Man gab mir zu verstehen, dass man manchen opfern muss, auf dass es den andern, der Gesellschaft, gut gehen kann.

Mit anderen Worten, sprach man mich an, man könnte auch mich wieder in den Selbstmord treiben, wenn ich mich nicht ändere und anpasse.

Die tiefen, dunklen Töne der Bässe aus diesem Lied, klangen schauderhaft, arg irrational und angsteinflößend. Ich mag den Song bis auf den heutigen Tag nicht, wenn er läuft, mach ich das Radio aus.

*

Genau so schlimm und verstörend wie dies Angstgefühl, waren die außergewöhnlichen Peinlichkeiten durch die ich hab' gehen müssen.

Es fällt mir schwer auch sie zu beschreiben, so kann man sich vorstellen, wie unerträglich es war, sie zu ERLEBEN!

In den privatesten und intimsten Situationen, fühlte ich mich gefilmt und abgehört.

Manchmal war ich auf der Toilette, und obwohl ich mich bemühte es zu vermeiden, entging mir, wie es halt so ist, auch mal ein kleiner Pups.

Dann ging mir gleich durch den Kopf: „Jetzt haben sie auch DEN auf Band!"Und stellte mir vor, wie die vom Geheimdienst mich spöttisch auslachten.

Verstörend, zutiefst erniedrigend war es.

Aber was mich am meisten bedrückt hat und ich am peinlichsten empfunden hab, in dieser Zeit meines Verfolgungswahns, hab ich im Schlafzimmer ausstehen müssen.

Bevor ich, nach drei Monaten, die Klinik aus Bad Schussenried verließ, hatte man mir in den letzten zwei Wochen, die Dosis Psychopharmaka schrittweise verringert.

Ich spürte, dass die Nebenwirkungen des Fluanxols nicht mehr so groß waren und als ich entlassen wurde und nach Hause kam, wollte ich eben, selbstverständlich, mit meiner Dolores Liebe machen.

Weil ich im Schlafzimmer mich durch den Bildschirm beobachtet fühlte, schaltete ich den Fernseher aus.

Meine Dolores hatte sich schon ausgezogen und sprach mich, irgendwie gereizt, aus dem Bett an:

„Lass doch den Fernseher an! Warum machst du

ihn aus?!"
Ich machte ihn wieder an und schweren Herzens
zog ich mich auch aus, ging zu ihr ins Bett, wir
umarmten und küssten uns, aber für Weiteres stellte
ich fest, dass ich nicht im Stand war.
Ohnmächtig ließ ich mich neben meine Dolores ins
Bett sinken.
    „Macht nichts, Schatz", tröstete sie mich und
streichelte mir den Arm. „Es wird schon wieder gut
werden. Wir müssen uns Zeit lassen."
Ich war am Boden: Ich stellte mir vor, wie die
zwei, drei vom Geheimdienst durch den Bildschirm sich über meinen nackten Po und mein
ohnmächtiges Glied lustig gemacht und mich
ausgelacht haben.
Für einen Mann ist dies DIE Situation im Leben,
die ihn am allermeisten erniedrigen kann: Da wird
einem das letzte Quentchen Würde genommen.
Im ersten Artikel unseres Grundgesetzes heißt es:
„Die Würde des Menschen ist unantastbar." Doch
was eigentlich Würde und wie wichtig sie für den
Menschen ist, weiß im Detail erst DER, der sie
nicht mehr hat.
Aber ich musste da durch, mich anpassen und den
Mund halten. Denn die „höhere Instanz" hatte mich
mal gewarnt: „Du darfst niemandem, nicht mal
dem Arzt, erzählen was mit dir geschieht und was
wir telepathisch miteinander kommunizieren. Sonst
treiben wir dich wieder in den Selbstmord!"
Und das wollte ich nicht. Ich wollte nur noch, dass
ich in die Arbeit gehen darf und für meine Lieben

Geld verdienen.

So beschloss ich alles zu akzeptieren durch was ich zu gehen hatte.

Ich sagte mir: „Wir werden eigentlich ALLE verfolgt, abgehört und gefilmt. Der Unterschied zwischen mir und den andern ist, DASS ICH ES WEISS!"

*

Ich war bereit nicht nur ohne Privatsphäre, sondern auch ohne Intimsphäre weiter zu leben. Also auch ohne Würde.

Ich hatte schon, als ich noch ganz klein war, erfahren wie es ist, entwürdigt da zu stehn.

Denn an einem Tag, als ich circa sechs Jahre alt war, nahm mich Großmutter in die Dorfmühle mit, wo sie einen Sack Mais und einen Sack Weizen gebracht hatte um sie mahlen zu lassen.

Ich durfte in die Mühle nicht rein, so stand ich damals in der großen Tür und schaute neugierig dem Müller bei seiner Arbeit zu, als sich mir plötzlich ein etwas jüngerer Dorfbewohner näherte, mich von oben herab anschaute und fragte:

„Na, wie geht's, du Bastard?"

Ich kannte das Wort schon von daheim, denn selbst die Großmutter hatte es mal verwendet, als sie von einem Freund meines Onkels Michael redete, von dem ich wusste, dass er auch „keinen Vater hatte". Damals in der Dorfmühle hat mir das Wort sehr weh getan, wie mich auch, etwa ein Jahr später, ein anderes Wort verletzt hat.

Und zwar spielte ich an einem Tag, als ich so an die sieben Jahre alt war, mit anderen Jungs, auf unserer Straße, „Krieg".

Hatte eine selbstgebastelte „Pistole" aus Holz in der Hand und lag auf dem Bauch, versteckt im Abflussgraben.

Da kam grad ein älterer rumänischer Dorfbewohner vorbei, sah mich im Graben mit der „Pistole" und rief mir zu:

„Wen willst du erschießen, du kleiner Hitlerist?"

Das hat mich sehr geschmerzt und obwohl ich klein war, musste ich mich wieder schämen, denn aus dem Kino wusste ich was auch „Hitlerist" bedeutet, nicht nur „Bastard".

Die Umstände unter denen ich auf die Welt gekommen war und dann aufwuchs, hatten mich schon von Anfang an hypersensibilisiert für den Rest meines Lebens. Als man mich mit „Bastard" ansprach, keimte schon mit sechs Jahren der Samen der Minderwertigkeit in mir auf.

Ich merkte schon ganz früh, dass ich anders war als die andern, die einen Vater hatten.

Denn dieser griff sich seine Jungs hin und wieder mal mit den Händen, hob sie hoch, schwenkte sie hin und her, warf sie in die Luft und fing sie wieder auf. Und die Jungs lachten und kicherten vor Freude.

Meine Großeltern ermunterten mich nicht auch zu agieren sondern eher mich zurück zu halten.

Sie waren halt ALTE Leute, die umgaben mich zwar mit viel Liebe aber nahmen mich nie in die Arme um mich in die Luft zu werfen.

Waren eher bedacht mich zu warnen:

„DAS darfst du nicht machen, und das andere auch nicht. Du musst fromm sein und immer gehorsam bleiben."

*

Immer wieder hab ich verzweifelt versucht im Bett meinen Mann zu stehen. Meine Dolores befand sich im besten Alter einer Frau und sie war so schön!

Und doch schaffte ich es nicht, zwei, drei Monate lang, nach meiner Entlassung aus der Klinik, sie wieder glücklich zu machen wie einst, bevor ich krank wurde.

Es gelang mir auch einmal den Stecker vom Fernseher heraus zu ziehen, ohne dass sie es merkte und doch hab ich eindeutig den Eindruck gehabt, dass die zwei, drei vom Geheimdienst durch den Bildschirm sich über meine ohnmächtige Liebesversuche lustig machten.

Ich sagte mir: „Du musst auch den Stecker von der Antenne raus ziehen. Die können dir bestimmt auch nur über die Antenne zuschauen."

Es war so erniedrigend. Ich hätte mich in die Erd' verkriechen können.

Aber ich musste da durch. Ein rumänisches Sprichwort besagt: Der Mensch gewöhnt sich auch erhängt zu leben, wenn man ihm stufenweise, jeden Tag, etwas mehr die Schlinge am Hals zuzieht.

Ich stellte mir vor, dass meine Dolores sich arg zurück nehmen musste, auf etwas, für eine junge Frau, sehr Wichtiges verzichten.

Und mir hallten im Kopf nach, die Worte des Lehrers aus der Klinik: „...Es kommt alles wieder in Ordnung, Herr Szegedi. Nur hoffentlich kann sich ihre Frau gedulden. Meine hat es nicht geschafft. Und mich mit zwei kleinen Kindern gelassen und einem Haus das nicht abbezahlt ist."

Wie viel konnte ich meiner Dolores noch zumuten?

*

Schon nach zwei, drei Wochen nach meiner Rückkehr aus dem Krankenhaus, hatte ich mich in der Firma, an meine Arbeit komplett wieder gewöhnt.

Am Anfang schwitzte ich übermäßig, musste wie gegen etwas, das sich mir widersetzte, schaffen. Das war nun weg und ich merkte, dass ich auch im Kopf lockerer wurde und ich nicht mehr angespannt war. Der Druck aus dem Schädel war verschwunden.

Eine wohltuende Normalität machte sich in meinem Wesen breit: Mein Leben hatte wieder einen Sinn.

Aber derweil in der Stirngegend mein Kopf sich mit Elektrik beschäftigte, spürte ich im Nacken, die ganze Zeit, den Verfolgungswahn.

Wegen zwei, drei Sabotageakten hatte die Firmenleitung beschlossen, in die Montagehalle zwei Kameras aufzustellen.

So war ich überzeugt, dass der Geheimdienst auch über diese mich stets im Auge hatte und mich abhörte was ich mit den Kollegen redete.

An einem Tag befand ich mich im Büro, beim Techniker der für unsere Elektropläne zuständig war.

Plötzlich stand dieser von seinem Tisch auf, ging zur Ecke wo die Kaffeemaschine ihren Platz hatte, riss sich ein Küchenhandtuch von der daneben stehenden Rolle ab, schnäuzte sich die Nase und warf das Papier in den Müllkorb.

„Aha," dachte ich mir, „DIE signalisieren dir, dass du AUCH so was darfst, daheim in deiner Küche. Du brauchst nicht unbedingt Tempotaschentücher."

Wo auch immer ich mich befand, alles was um mich herum geschah, brachte ich in Verbindung mit mir: Es passierte also weil ICH da war.

*

Im Spätsommer fragte ich dann mal meine Dolores:

„Wie wär's wenn wir irgendwo am Meer heuer Urlaub machen würden?"

Ich wusste, dass sie das Meer liebt und so einen Badeurlaub immer in vollen Zügen genossen hatte. In der letzten Zeit klappte es auch im Bett immer besser und wir beschlossen nach Agadir, an

Marokkos Atlantikküste, zu fliegen
Nur wir zwei, ohne unsere Christine.
   Mein Gott, war das eine tolle Zeit!
Wir wohnten in einer großen Hotelanlage mit
Swimmingpool und Animateuren die für gute
Stimmung sorgten, aber wir gingen jeden Tag an
den Strand und badeten im Meer.
Mittags haben wir dort, ein paar Mal, das selbe
gegessen: Einen gehäuften Teller mit dreierlei
kross gebratenen frischen Fischen, für nur zehn
Mark!
Und als Vorspeise gab's ein Knoblauch-Dip mit
Baguette.
Dazu noch ein kühles Bier.
Wir haben regelrecht geschlemmt!
Denn auch zum Frühstück und abends, gab's in der
Hotelanlage sehr gute, exquisite, französische Kü-
che.
Und auf dem Zimmer konnten wir uns endlich,
wieder mal so richtig, wie in alten Zeiten lieben.
Auch wenn die drei vom Geheimdienst, auch dort
in Marokko, mir durch den Bildschirm des
Fernsehers zuschauten.
   „Ihr könnt mich mal!", dachte ich mir und nahm
meine Dolores in die Arme: Ich war wieder ein
Mann für meine Allerliebste!
Und ich glaub', wir haben uns damals, in Agadir,
auch übernommen.
Übernommen haben wir uns.
Denn an einem Tag wurde es meiner Dolores
schwindlig, so dass wir aufs Zimmer gehen mus-

sten, wo sie sich hinlegen konnte.

Es ging ihr aber dann schnell besser.

Im nächsten Jahr machten wir Urlaub auf Kreta. War auch eine schöne Zeit, besonders weil wir auch einen Tagesausflug mit dem Schiff zu der Insel Santorini buchten.

Als wir im kleinen Hafen der Insel anlegten, gingen wir an Land und da gab's einen größeren Imbissstand mit Snacks und Getränke.

Ich schaute den Verkäufer an, unsere Blicke trafen sich und er lächelte mir zu. Mir schoss es durch den Kopf: „Der ist auch vom Geheimdienst! Die kennen dich auch hier."

Mit einer Seilbahn brachte man uns den steilen Hang hoch, in den Ort voller kleinen, hübschen Häuschen die wie angeklebt an den Felsen wirkten und manche auch Kuppeln hatten.

Und alles in einem blendenden Weiß und einem einzigartigen, schönen Blau, das fast irreal schien. So was kann man sich nicht vorstellen wenn man es beschreibt, man muss es gesehen haben.

Ich war heilfroh und überglücklich, dass ich meiner lieben Dolores, nach so langer Zeit, was bieten konnte, obwohl sie ja auch stets Geld ins Haus brachte.

*

So gingen ungefähr drei Jahre ins Land, Zeit in der ich, wie gesagt, während der Arbeit mit der Stirn bei meiner Elektrik war und im Nacken, beharrlich, mir der Verfolgungswahn saß.

Aber ich hatte mir vorgenommen, diese Umstände ohne Knurren und Murren zu akzeptieren, war zufrieden dass ich meine Arbeit verrichten konnte als wär nie etwas geschehen und glücklich, dass ich für die Meinen auf der Welt sein darf.

Zu der Zeit hatte ich auch ein anderes Problem, das mir seit dreißig Jahren große Schmerzen verursachte: Wegen einer nicht rechtzeitig behandelten Verstopfung, während meines Militärdienstes in Rumänien, entstand mir am Enddarm plötzlich ein Schließmuskelriss der auch nicht behandelt wurde und folglich schlecht vernarbte. Nach sechzehn Jahren, ging ich in Edenheim zum Proktologen und der sagte mir,dass man so was nicht mehr operieren würde. Ich müsste mich so gut wie möglich pflegen und damit leben. Ich klagte ihm, dass ich fast bei jedem Stuhlgang unausstehliche Schmerzen habe, die sich dann lang hinziehen.

„Ich weiß, Herr Szegedi", antwortete er mir. „Es sind ähnliche Schmerzen welche auch Frauen bei der Geburt haben."

„Na, dann hab ich ein paar Tausend Kinder schon geboren, Herr Doktor!", scherzte ich.

An einem Tag machte mich Dolores aufmerksam, dass die Armatur unserer Badewanne ganz verkalkt war und schon kleine Rostflecken aufwies.

Ich ging in ein Fachgeschäft um ein entsprechendes Reinigungsmittel zu kaufen.

Als ich mich in dem großen Laden umschaute, fiel mir auf, dass auf einem Monitor, der an einem

Regal hing, grad Werbung lief für einen Kalk-und Rost-Auflöser, der umweltfreundlich war.

Ich vernahm das als eine, von meiner „höheren Instanz" speziell an mich gesendete Botschaft, ich soll das vorgestellte Produkt kaufen.

Was ich sofort auch tat, obwohl ich mal mit einem umweltfreundlichen Schimmelkiller keine gute Erfahrung gemacht hatte: Er reinigte zwar schonender aber nicht gründlich.

Nach Hause angekommen, stellte ich vorerst das Reinigungsmittel in den Abstellraum, um dann am Wochenende, wenn ich mehr Zeit hatte, die Armatur zu putzen.

Und dann ging ich frühzeitig ins Bett, denn seit ein paar Tagen konnte ich wieder nachts kein Auge zumachen.

Im Bett wälzte ich mich stundenlang hin und her, ohne einschlafen zu können und plötzlich vernahm ich in meinem Kopf eine „Stimme": Die „höhere Instanz" war wieder auf Sendung.

„Pass auf, Junge", nahm ich telepathisch ihre Botschaft wahr, „was du am Enddarm hast, ist nicht bloß ein Schließmuskelriss. Du hast KREBS! Und der wird dir demnächst große Probleme machen. So was ist nicht heilbar, du wirst elendig zugrunde geh'n und deiner Familie dabei zur schweren Belastung werden."

Ich lag da im Bett, wie auf den Kopf geschlagen von dieser „Nachricht". Und weil ich seit drei Jahren mit der Überzeugung lebte, dass wir alle in alldem was mir machen, ferngesteuert sind, leuchtete es mir plötzlich ein, warum ich den Rost-Auflöser gekauft habe: Die „höhere Instanz" hatte das im Voraus so „geplant", dass ich ein Mittel zur Hand hab', um meinem Leben ein Ende setzen zu können.

Denn auf keinen Fall wollte ich meinen Lieben, als schwerkranker Pflegebedürftiger, wegen meinem „Krebsleiden" zur Last fallen.

Wie in Trance stand ich leise aus dem Bett auf, ging in den Abstellraum, griff mir die Flasche Rost-Auflöser und begab mich ins Klo, vor den Spiegel.

Ich öffnete die Kunststoffflasche und nahm einen Schluck aus ihr. Ich spürte ein leichtes Brennen im Magen und dann trank ich hastig, mit großen Schlucken, die ganze Flasche aus.

Ich hielt mich fest am Rand des kleinen Waschbeckens, doch nach einer Weile wurde es mir schlecht, fiel auf die Knie und riss dabei den geöffneten Klodeckel mit einem lauten Knall mit.

Das weckte meine Dolores. Die kam und öffnete die Klotür. Sah die Flasche am Boden und sprach mich entsetzt an:

„Was hast du wieder gemacht, Schatz?! Komm schnell ins Bad!"

Sie half mir ins Bad vor das Waschbecken und sagte mir, ich soll mir den Finger in den Hals stecken um mich zu übergeben, dass ich das Gift loswerde.

Während ich mich quälte mich zu übergeben, sprang sie zum Telefon und wählte den Notruf.

Ich schaffte nur eine geringe Menge Rost-Auflöser aus mir raus zu würgen und schon standen die Rettungssanitäter mit der Trage im Vorraum. Einer von ihnen griff sich die Flasche und las was drauf stand.

Ganz schlecht fühlte ich mich nicht, so sagte ich den Sanitätern, ich könnte selber die Treppen runter laufen.

Beidseitig gestützt brachte man mich in den Rettungswagen und kurz danach waren wir schon im Krankenhaus.

Man pumpte mir den Magen aus, wie man so sagt, und machte mir sofort eine Magenspiegelung.

Der Arzt klopfte mir beruhigend auf die Schulter:

„Es ist nicht schlimm, Herr Szegedi. Sie haben Glück gehabt, der Rost-Auflöser war ein umweltfreundliches Produkt. Aber wir müssen Sie in die Psychiatrie bringen, denn ihre Seele braucht Hilfe."

Man hatte, seit einer Zeit, auch im Edenheimer Krankenhaus eine Psychiatrie-Abteilung eröffnet, so musste man mich nicht mehr nach Bad Schussenried fahren.

Und dann ging's wieder los: Wieder musste ich eine hohe Dosis Psychopharmaka schlucken und konnte wieder nicht mehr sitzen und nicht mehr liegen.

Die ganze Zeit spazierte ich auf dem, zum Glück, langen U-förmigen Flur der Krankenstation und nur wenn ich ganz erschöpft war, konnte ich auch im Bett etwas schlafen.

Schon von Anfang an musste ich ein gewisses

gelartiges Medikament einnehmen, das mir dann, in ziemlich kurzer Zeit, meinen leicht verätzten Magen in Ordnung brachte.

In meinem Kopf tauchte, selbstverständlich, die Frage auf: „Wieso konnte es wieder so weit kommen, dass ich mich hab' umbringen wollen?"

Ich gab mir selbst die Antwort: „Du musstest noch einmal sterben, weil du dich nicht artig benommen hast. Du warst frech. Nicht brav, wie es sich gehört."

Ich rief mir in Erinnerung: Jedes Mal als ich mit meiner Dolores Liebe machte, und ich spürte, dass die zwei, drei vom Geheimdienst uns durch den Fernsehbildschirm zuschauten und uns auslachten, hab' ich mir immer gesagt: „Ihr könnt mich mal, Arschlöcher! Einer wie ich, der aus Rumänien kommt, gewöhnt sich auch erhängt zu leben. Ich werde meine Dolores lieben, auch wenn die ganze Welt mir zuschaut und sich dabei eins lacht! Arschlöcher! Arschlöcher!"

Ich kam zu dem Schluss: „Du darfst DIESE nicht mehr Arschlöcher nennen. Die wissen doch ALLES was du denkst und wollen dich nur auf den richtigen Weg bringen. Du musst dich fügen und noch besser anpassen, dann lassen sie dich in Ruh'. Und werden dich auch nicht mehr in den Selbstmord treiben."

Solche Gedanken gingen mir, in der Klinik, durch den Kopf und davon hab' ich keinem Arzt was erzählt.

Denn die „höhere Instanz" hatte mich ja gewarnt:

„Verrätst du jemandem, was wir miteinander kommunizieren, treiben wir dich wieder in den Selbstmord!"

Gleich nachdem ich den Ausreiseantrag in Rumänien gestellt hatte, verlieh mir die Verzweiflung, dass ich meine Heimat verlassen musste, so einen Mut, dass ich überhaupt vor nichts mehr Angst hatte.

Aber jetzt, nach dem zweiten Selbstmordversuch, bekam ich dann Angst VOR MIR SELBST.

Um zu überleben war ich nun bereit, alles über mich ergehen zu lassen, auch wenn es eben die perfideste Gehirnwäsche war.

*

Auch diesmal kam die Mutter von meinem Chef, die „alte Chefin" wie wir sie nannten, mich in der Klinik zu besuchen, mit einem Korb voller Obst und andren guten Sachen und zeigte sich besorgt und fassungslos, dass ich zum zweiten Mal versucht habe mir das Leben zu nehmen.

Ich erklärte ihr, dass ich gedacht habe ich wär' unheilbar an Krebs erkrankt und, um nicht meiner Familie zur Last zu fallen, mich entschlossen hab' freiwillig aus dem Leben zu scheiden.

„Auch wenn Sie so krank wären, Herr Szegedi, ist das keine Lösung", antwortete sie mir vorwurfsvoll. „Wir haben Sie immer für einen vernünftigen Menschen gehalten."

Ich zuckte aus den Schultern und wusste nicht was
ich noch hätte sagen können: Ungeschehen konnte
ich's nicht mehr machen.

Nach zwei Wochen in der geschlossenen Psychia-
trieabteilung, schlug man mir vor ich soll in die Tagesklinik wechseln, was ich gleich akzeptierte.

Denn so durfte ich täglich, nach acht Stunden Be-
schäftigunstherapie in der Tagesklinik, nach Hause
fahren, daheim übernachten und am nächsten Morgen wieder in die Klinik kommen.

Ich hatte keinerlei Beschwerden, um sechzehn Uhr
fuhr ich heim und schlief auch nachts gut, bis mich
dann an einem Tag, eine Ärztin fragte ob ich nicht
einverstanden wär, dass man mir einmal in der Woche eine Depotspritze verabreiche, welche die
Neuroleptikatabletten ersetze, die ich dreimal am
Tag schlucken musste.

Ich stimmte zu, bekam die Spritze und merkte
schon nach drei Tagen, dass ich nicht mehr schlaf-
en konnte.

Ich beklagte mich bei der Ärztin und sie beruhigte
mich, sagend, dass mein Körper sich an die neue
Behandlung noch nicht gewöhnt hat.

Nach anderen drei Nächten in denen ich nicht
schlafen konnte, beklagte ich mich wieder bei der
Ärztin.

„Wenn Sie mal ausreichend müd' werden, wird
sich Ihr Körper schon die Portion Schlaf nehmen,
die er braucht", redete sie mir ein.

Man machte mir noch einmal die selbe Spritze und
ich konnte eine weitere Woche nachts kein Auge

zumachen.

Tagsüber, in der Klinik, legte ich mich während den Pausen auf manche Bank und versuchte verzweifelt, ein Nickerchen zu machen. Denn ich war total ausgepowert.

Zwei Wochen hatte ich nichts geschlafen, aber jeden Morgen, um halb acht, stieg ich ins Auto und fuhr vier Kilometer in die Klinik.

Und nachmittags, um sechzehn Uhr, zurück nach Hause.

Ich saß so voll konzentriert am Steuer, dass wenn man mich ins Fleisch geschnitten hätte, kein Blut geflossen wär'.

Ich musste das durchzieh'n, denn ich hatte die ganze Zeit, seit Jahren, den Verfolgungswahn im Nacken, fühlte mich überall gefilmt, abgehört und ich war fest überzeugt, dass auch alle Ärzte unter der selben Decke mit meinen „Verfolgern" steckten.

Meine Klinikaufenthalte und meine Medikation waren Teil eines größeren Plans den der Geheimdienst geschmiedet hatte, um mich „auf den richtigen Weg zu bringen." Davon war ich voll überzeugt.

Wahrscheinlich sah man mir an, dass ich wegen meiner Schlaflosigkeit gereizt und erschöpft war, denn nach zwei Wochen, seit ich die erste Depotspritze bekommen hatte, beschloss die Ärztin, mir keine weitere mehr zu machen.

Ich schluckte wieder drei Mal am Tag meine Tabletten und nach drei, vier Tagen konnte ich wieder richtig schlafen. Es war eindeutig klar, dass die Spritze mir die Schlafstörung hervorgerufen hatte.

An einem Morgen, als ich wie gewöhnlich die Zeitung las, traf ich auf einen Artikel in dem es um zwei Psychiatrie-Ärzte ging, die sich in Freiburg vor Gericht verantworten mussten.

Sie hatten Patienten mit einer gewissen Schlafentzugsmethode behandelt und zwei Kranke hatten in der Klinik Selbstmord begangen.

Daraus schloss ich, dass man die selbe Schlafentzugstherapie auch bei mir angewendet hatte. Doch im Nachhinein konnte ich dann feststellen dass es eine wirkungsvolle Behandlung gewesen ist.

Denn nach drei Wochen Aufenthalt in der Tagesklinik wurde ich entlassen und nach ein paar Tagen konnte ich wieder meine Arbeit in der Firma fortsetzen.

Diesmal hatte ich keine größere Schwierigkeiten die Tätigkeit am Arbeitsplatz wieder aufzunehmen. Schnell fand ich wieder in den alten Rhythmus rein, es gab viel zu tun, Überstunden waren angesagt und die Arbeit war der beste Weg, irgendwie, ins Normale zurück zu finden.

Aber im Bett hatte ich wieder Schwierigkeiten meinen Mann zu stehen. Auch wenn ich „nur" vier Wochen in der Klinik war, hatte man mich wieder überdosiert mit Psychopharmaka.

Verzweifelt versuchte ich immer wieder meine Dolores zu lieben und sie tröstete mich geduldig, wenn es nicht so funktionierte wie ich wollte.

Was diese Frau, in ihren besten Jahren, wegen mir hat ausstehen müssen! Eine andere hätte mich tausendmal verlassen.

Und bei jedem gescheiterten Liebesversuch im Bett, war eindeutig das Gefühl da, dass durch den Fernsehbildschirm die zwei, drei vom Geheimdienst mir zuschauten und mich auslachten. Dass sie mir zuschauten hätt' ich irgendwie noch akzeptiert, aber das spöttische Auslachen meiner Ohnmacht war unerträglich! Und ich war überzeugt, dass sie mich auslachten.

Denn die „Kerle" vom Geheimdienst stellte ich mir als total extrovertierte Typen vor, die auch skrupellos gemein sein konnten. Sie verfügten über absolute Macht und jedes Mittel war ihnen recht um ihr Ziel zu erreichen: die Sicherheit des Staates.

Trotz dem, dass man mit mir so gemein umging, sagte ich mir, dass der Geheimdienst eigentlich AUCH nur seinen Pflichten nachkam. Denn grad in einer FREIEN Gesellschaft braucht man einen besonders wachsamen Geheimdienst.

In der Diktatur wagte man nicht etwas anzustellen, nicht nur wegen des Geheimdienstes, der Securitate, sondern auch aus einem ALLGEMEINEN ANGSTGEFÜHL heraus.

Da regierte eine gewisse Angst mit!

Hier, im freien Deutschland, hatte ich immer wieder mitbekommen, wie aufmüpfig und frech manche, zum Beispiel, gegenüber der Polizei auftraten. Die erledigt wirklich die Drecksarbeit in unserer Gesellschaft und muss vieles schlucken und

ausstehen!
Aus Sicherheitsgründen müssen die Staatsschutz-
organe für allerhand Überraschungen bereit sein
und mit allem rechnen.

NOTWENDIGKEIT

Grad eine Demokratie braucht
den wachsamsten Geheimdienst,
der bei Tag und Nacht was taugt.
(Geschmeichelt und bestätigt,
der BND-Chef nun mir zugrinst!)

Denn in einer Diktatur
regiert stets auch die Angst mit:
das erleichtert die Dressur
des Volkes, wirksam und perfid.

In der Freiheit aber,
sind Menschen unberechenbar
und potentiell eine Gefahr –
nicht nur für die Machtinhaber!

Und ich war AUCH aufgefallen, aber ich hatte auf
keinen Fall vor, etwas anzustellen. Ich wollte nur
BEGREIFEN wohin ich gelandet, ausgereist war,
was mit mir und um mich herum sich abspielte.
*Und das Dichten hatte ich immer als ERKENNT-
NISMETHODE benutzt,* wie auch Lucian Blaga,
der große rumänische Dichter, der zu seiner Zeit, in

den fünfziger Jahren, für sein dichterisches und philosophisches Werk, für den Nobelpreis vorgeschlagen wurde.

Ich hatte auch mein HIRN aus Rumänien mitgebracht, nicht nur die Kraft für die Arbeit, den Darm für den Konsum und das Sexorgan um dem Staat, womöglich, noch weitere Steuerzahler bereit zu stellen.

Und grad dies, mein Hirn, hat eigentlich hier in Deutschland, Jahre und Jahre lang, meine Firma gut gebrauchen können und dieser Aspekt der Migration wird in Zukunft noch wichtiger, weil die Herausforderungen am Arbeitsplatz immer komplexer und abstrakter werden.

*

Ungefähr vier, fünf Wochen nach meiner Entlassung aus der Klinik, kam dann auch unser Liebesleben wieder in Ordnung.

In dem Jahr gab es auch wieder Wahlen in Deutschland.

Und um meinen Verfolgern vom Geheimdienst zu beweisen, dass ich bereit bin mich bis ins kleinste Detail anzupassen, beschloss ich diesmal CDU zu wählen, also den Kohl.

Weil ich mit meinem Kollegen Florian, hin und wieder, mich lustig machte über die Art wie Kohl in satirischen Kabarett-Sendungen karikiert wurde, wollte ich mich meiner „höheren Instanz" gegenüber, reuig zeigen: Sie hörte uns ja auch am

Arbeitsplatz ab und wusste also, dass ich den
Kanzler nicht mag.
Bei seinen Auftritten im Fernsehen weckte er in
mir, in der letzten Zeit, auch ein gewisses Angstgefühl. Kohl strahlte eine außergewöhnliche Macht
aus.
Er füllte nicht nur mit seinem großen Körper den
ganzen Bildschirm des Fernsehers, sondern es war
auch sein großer Wille zu herrschen klar ersichtlich
und seine Entschlossenheit sich durchzusetzen.
Im Gegensatz zu Willy Brandt und Helmut
Schmidt war aus seinen Reden kaum eine Spur
von Geist herauszuhören, aber ein offensichtlicher
Drang und Bereitschaft zu handeln.
Er war halt ein Praktiker. Und es war für DIE Zeit
gut so, denn er hat die Wiedervereinigung ohne viel
Hin und Her durchgezogen.
Andere schöngeistigere, Theorie-geübtere Politiker
hätten sie vielleicht zerredet.
Kohl hat die damalige internationale politische
Konstellation verstanden einzuschätzen und ge-
nutzt, um das Richtige zu tun.
   Am Wahltag sagte ich meiner Frau und meiner
Tochter, dass wir wie gewöhnlich die SPD wählen,
aber ich ging in die Kabine und machte das Kreuz
bei der CDU.
Ich war überzeugt, dass eine Kamera auf jede
Wahlkabine gerichtet war und sagte mir, dass man
jetzt hätte schauen können, dass ich mich geändert
und die „Richtigen" gewählt habe.
Ironie des Schicksals: Abends erfuhr ich aus dem

Fernsehen, dass Kohl, nach sechzehn Jahren in der Regierung, abgewählt wurde und Schröder mit seiner SPD an die Macht kam!
Wir schrieben das Jahr 1998.

*

An einem Morgen als ich wie gewöhnlich in die Tiefgarage trat um in die Arbeit zu fahren, sah ich, dass auch ein Nachbar vor seiner Garage sich aufhielt.
Der erste Gedanke war wie immer: Den haben sie „geschickt" um auf mich aufzupassen.
Doch gleich danach ging mir Folgendes durch den Kopf: „Du musst aufhören so zu denken. Der Nachbar ist da weil er auch in die Arbeit fahren will und nicht um dich zu verfolgen. Das bildest du dir nur ein. Du musst dich gegen solche Gedanken wehren, du wirst von niemandem verfolgt."
Ab dem Moment sträubte ich mich entschlossen gegen meine hartnäckigen Wahnvorstellungen und fragte mich immer wieder, wie ich mir hab' vorstellen können, wir würden alle gefilmt und abgehört werden. Welcher Staat kann sich so einen Aufwand leisten?
Fünf Jahre lang hatte ich mit diesem Eindruck gelebt und jetzt spürte ich, dass ich dagegen halten kann und es wurde mit jedem Tag besser.
Langsam kehrte Normalität in meine Wahrnehmungen ein, das Leben hatte nicht mehr diesen irrationalen Touch, der mir manchmal einen

Schauder über den Rücken laufen ließ.
Gewissen Bekannten und Kollegen fing ich an zu
erklären, warum ich eigentlich versucht habe mir
das Leben zu nehmen.
Ich konnte jetzt darüber reden, doch manchmal
hatte ich den Eindruck, dass ich manchem zu viel
beichtete.
Dann wurde ich unruhig und bereute, dass ich mit
zu vielen Details über meine Situation erzählt hatte.
Aber wenn ich eine Nacht drüber schlief, verschwand diese Unruhe und nach einer Zeit konnte
ich wieder mit anderen über das reden, was ich fünf
Jahre lang durchgemacht hatte.
Ich musste das Zeug los werden und somit löste
sich, endlich, eine gewisse Spannung in meinem
Kopf und ich spürte, dass ich immer freier wurde.
Es war ein Gefühl als würde ich mich herausziehen
mit den eigenen Händen, aus einem Sumpf in dem
ich mal bis zum Hals versunken war.

*

Ich war sehr beeindruckt und heilfroh, dass meine
Firma mich auch nach dem zweiten Selbstmordversuch nicht aufgegeben hatte.
In einem größeren Betrieb, wo man eigentlich nur
eine Nummer ist, hätte man mich schon nach dem
ersten Suizidversuch, höchstwahrscheinlich, entlassen. Aus Sicherheitsgründen und weil ja einen das
soziale Netz auffängt.
Aber im sozialen Netz, ohne Arbeit, wär ich

definitiv kaputt gegangen, ich hätte meinem Leben keinen Sinn geben können.

So stürzte ich mich dankbar, mit noch mehr Einsatz in die Arbeit, machte gerne Überstunden, auch wenn diese nicht mehr bezahlt, sondern auf ein Freizeitkonto gesammelt wurden.

Außer einer Zeit, als eine übererhitzte Hochkonjunktur herrschte, haben wir bei „Voltac" nie unter direktem Druck schaffen müssen.

Wir, in der Endmontage, bekamen die Arbeit zugeteilt und es wurde uns gesagt, dass die Maschine zu einem gewissen Zeitpunkt fertig sein muss.

Es blieb dann einem jeden überlassen, wie er sich die Arbeit einteilte.

Ich zog es vor, statt hektisch die Sache anzugeh'n, lieber Überstunden zu machen und ruhig alles zu Ende zu bringen.

Einmal schaffte ich an einem großen Vollautomaten dessen Auslieferungstermin versetzt wurde: Die Maschine musste einen Tag früher als geplant fertig sein.

So blieb ich an einem Abend länger in der Arbeit. Der Fertigungsleiter ging um zwanzig Uhr nach Hause und ich schaffte noch bis ein Uhr nachts allein in der Halle.(Die Kollegen hatten um sechzehn Uhr Feierabend gemacht.)

Als ich dann die Maschine in Betrieb nahm und alles klappte, so dass sie am Morgen ausgeliefert werden konnte, machte ich überall die Lichter aus, schloss das Hallen-Rolltor hinter mir und ging zu meinem Auto.

Unterwegs zum Parkplatz fiel mir auf, dass das Tor
vom Firmenhof schon geschlossen wurde.
Man hatte von mir vergessen: ich konnte mit dem
Auto nicht aus dem Hof fahren.
So kletterte ich mit der Arbeitstasche in der Hand,
an einer geeigneten Stelle, über den Firmenzaun
und begab mich zu Fuß, um ein Uhr nachts, auf
den Nachhauseweg.
Damals gab es noch keine Handys, dass ich meine
Tochter hätte anrufen können, mich abzuholen und
bis nach Hause hatte ich sechs Kilometer zu laufen,
denn so spät, fuhren auch keine Busse mehr.
Das Wetter war aber gut und ich machte mich auf
den Weg.
Nach kurzer Zeit, als ich mich auf einer Seiten-
straße befand, hielt neben mir ein Auto mit Berliner Nummernschild und der Fahrer fragte mich,
durch das geöffnete Fenster, wie er nach
Möglingen kommen könnte.
   „Wenn Sie mich eine Strecke auch mitnehmen,
dann zeig' ich's Ihnen", antwortete ich.
So brachte mich der Berliner bis in die Stadtmitte,
von wo er dann nur noch grade aus die
Bundesstraße nach Möglingen fahren musste, und
auch ich nur noch drei Kilometer bis nach Hause
hatte.
Nachdem ich was gegessen hatte, ging ich um drei
Uhr ins Bett und nach zweieinhalb Stunden klingelte schon der Wecker.
Meine Tochter fuhr mich mit ihrem Auto in die Fir-
ma, wo ich den Kollegen erzählte, wie es mir in der

Nacht ergangen ist.

Bald hatte es schon auch der Fertigungsleiter erfahren, der auf mich zukam und sich, tief betroffen, wegen dem verschlossenen Tor, bei mir entschuldigte.

Damals war ich noch jung und der nächtliche Spaziergang nach Hause hatte mir nichts ausgemacht. Ich war zufrieden und die Verantwortlichen auch, dass die Maschine ausgeliefert werden konnte. Wir schrieben das Jahr 2000.

*

In den darauf folgenden fünfzehn Jahren, erlitt ich keinen schizophrenen Schub mehr, aber ich war, mit größeren Zeitabschnitten dazwischen, noch fünf mal in der Psychiatrie.

Nach dem zweiten Suizidversuch, hatte ich mir die Zeit vor jedem meiner zwei Selbstmordversuchen, bis ins kleinste Detail, durch den Kopf gehen lassen, und kam zu dem Schluss, dass ich vor jedem Selbstmordversuch ein paar Tage vorher Schlafstörungen hatte.

So fasste ich mein Schlafverhalten genau ins Auge. Konnte ich zwei Nächte hintereinander nicht richtig schlafen, sagte ich meiner Dolores:

„Pack mir bitte den Koffer, ich muss in die Klinik."

Und dann fuhr sie mich ins Krankenhaus, wo, weil man mich schon kannte, ich sofort, auch ohne Überweisung, aufgenommen wurde.

Ich erzählte den Ärzten, dass ich nicht schlafen
kann und dass so was immer einer schizophrenen
Krise vorausgegangen ist.

Ich bat sie jedes Mal, mich nicht zu überdosieren
mit Psychopharmaka, denn ich hatte keine Wahnvorstellungen, ich hatte es nur nötig, wieder zu einem richtigen Schlaf zu finden, in einer Umgebung
wo ich mir selbst nichts antun konnte. Denn man
wusste, dass ich selbstmordgefährdet bin.

Mein Psychiater, Herr Doktor Odenwald, hatte mir
erklärt, dass bei den meisten Patienten mit meiner
Krankheit, die gewalttätig werden, diese Gewalt
sich nach AUSSEN richtet, auf Gegenstände oder
Personen. Bei mir aber richtete sich, eben, der
Gewalttrieb gegen mich selbst.

In diesen Fällen wo ich rechtzeitig, aus eigener
Initiative, mich in die Klinik begab, wurde ich
immer nach zwei Wochen, nachdem ich gut schlafen konnte, entlassen und ich schaffte es ohne Probleme meine Arbeit wieder aufzunehmen.

Sieben Mal war ich, in zweiundzwanzig Jahren, in
der Psychiatrie und jedes Mal kam meine Chefin
mich besuchen, als wär' meine Mutter aus dem
Grab gekommen, nachzuschauen nach dem
verlorenen Sohn.

Es kamen auch Freunde, Kollegen und Bekannte
zu mir, aber nahe Anverwandte haben sich all die
Jahre kein einziges Mal bis in die Klinik aufge-
macht.

Ich hab' ihre Botschaft klar vernommen: Sie
wollten mit VERRÜCKTEN nichts zu tun haben.

Ein älterer Freund, dem ich davon erzählt hatte, nach der dreimonatigen Unterbringung in Bad Schussenried, als meine Dolores noch keinen Führerschein hatte und unsere Verwandten sie bis zu mir hätten fahren können, dieser ältere Freund sagte mir mal:

„Manche Menschen, Martin, schaffen es nicht über ihren eigenen Schatten zu springen. So werden sie im Leben auch nicht über sich selbst hinauswachsen können."

Dann Gott mit ihnen, dachte ich mir und beschloss es so hinzunehmen wie es halt war.

Mir genügte eigentlich und ich war froh, dass ich trotz einer so schweren und unheilbaren Krankheit, meiner Arbeit nachgehen und für die Meinen da sein konnte.

*

Aber die letzten zwei Arbeitsjahre, bevor ich in Rente trat, waren schwere Jahre.

Bis dahin hatte ich es leicht und schön im Job gehabt. Doch zuletzt hatte man an den kleineren Maschinen, aus Hygienegründen, die Seitenbleche von drei Seiten zugeschweißt. Früher waren sie abschraubbar, jetzt hatte man nur von einer Seite Zugang in das Innere der Maschine, um alle Schalter, Sensoren, Ventilstecker samt Bedientableau zu montieren und die Kabel geordnet zum Schaltkasten zu führen.

So musste ich an manchen Tagen, wenn so eine

Maschine mir zugeteilt wurde, vier bis fünf Stunden auf den Knien schaffen.

Es war so viel los, dass es keinen Platz in der Halle gab, sie irgendwo höher zu stellen, auf zu bocken.

Ich war inzwischen einundsechzig Jahre alt und übergewichtig, und nach einer Stunde Arbeit auf den Knien, schweißgebadet.

Mein Hemd sichtbar ganz nass, so dass die Schlosser mich auslachten und mich fragten, warum ich mich nicht umziehen würde. Aber das Umziehen hätte mir nichts gebracht, denn nach einer anderen Stunde, wär' ich wieder nass da gestanden.

Mein Chef, der Guido, versuchte ja so gut es ging, mich zu schonen. Er sagte mir:

„Martin, dir teilen wir die großen Maschinen zu, an denen du im Sitzen oder Stehen arbeiten kannst. Die kleinen sollen die Jungen machen, die können auch im Schneidersitz schaffen!"

Aber es war oft so, dass die jungen Kollegen mit einer Arbeit schon beschäftigt waren und so eine kleine Maschine AUCH gebaut werden musste. Und weil ich grad keine Arbeit hatte, ICH dann einspringen musste.

Ja, man sagt, dass Arbeit das Leben süß macht, aber manchmal ist sie wirklich, bei weitem, kein Zuckerschlecken! Ich hab meinen Preis bezahlt, auch am Arbeitsplatz und werde auch jetzt, wo ich in Rente bin, immer danach trachten, dir, liebes Deutschland, und dem Leben im Allgemeinen, mit nichts schuldig zu bleiben, indem ich Gedichte schreib' und sie veröffentliche.

Hier eins aus meinem ersten Buch, das ich im Jahr 2015 herausgebracht habe, und mich, unerfahren wie ich war, 6300(!) Euro gekostet hat:

MIGRATIONSHINTERGRUND

Hört her, Leute,
ich bin auch nicht hier geboren
und hoff, dass ich nicht nur heute,
mit Folgendem euch lieg in den Ohren.

Ich bin ein Dichter
mit Migrationshintergrund,
das erkennt man an meiner Sprache.
Und dies sogleich ich aufmache den Mund,
also auch dann wenn ich lache.

Ich lache mit Akzent,
das bin ich mir sicher!
Denn ich glaub, ich mach das
nicht ausreichend dezent:
ich brauch oft für so was Taschentücher!

Wenn ich dann lach, dann lache ich mit Tränen,
ich möchte so was immer ganz ausnützen,
denn das Leben ist meist entweder öd zum Gähnen
oder zu ernst, mit seinen Tiefen und Spitzen.

Als Kind musste ich mal so gewaltig lachen,
dass ich mir machte in die Hosen:
ich sah mir an wie Chaplin,
mit den lustigsten Sachen,
die Konvention – als solche –
vom Sockel hat gestoßen.

Heut kann ich beim Lachen
kein Wasser mehr lassen,
als Erwachsener schifft man durch die Augen,
und ich hoff,
dass es mal Pampers gibt für die Massen,
die diese seltene Flüssigkeit aufsaugen.

Und sie dann speichern für die tristen Tage,
an denen es uns besch-eiden geht,
es gibt
für fast alles ein Mittel, die Lösung heißt: wage
das Noch-nicht-da-gewesene,
solang die Welt besteht.

Wage es, aber mit Maß:
wir brauchen keine Revolutionen mehr!
Denn die nehmen sich sogar
ihre eigenen Kinder zum Fraß –
ich hoffe, dass wir lernen vom Gras,
von seinem friedlich
und beständig nachwachsenden Heer.

*

Nach vier, fünf, Stunden Arbeit auf den Knien, kam ich damals abends nach Hause, aß etwas zusammen mit meiner Dolores und nach dem Duschen, war ich so müd und fertig, dass ich schon um achtzehn Uhr ins Bett ging.

Apropos, Duschen!

In den Jahren 2022, 2023, als wegen der Politik der Ampelkoalition, die Preise explodiert sind, trat der Ministerpräsident eines Bundeslandes mal im Fernsehen auf und hat den Bürgern geraten, um Wasser und Energie zu sparen, statt wie üblich zu duschen, sich nur mit einem Waschlappen abzuwischen.

Wie primitiv und realitätsfremd, in einem der fortgeschrittensten und reichsten Länder der Welt!

Und das noch aus dem Mund eines gesetzten Mannes, der vierundsiebzig Jahre alt war und eigentlich bis dahin wegen seinen klugen, an die Realität angepassten, besonnenen Entscheidungen auffiel.

Da sieht man wie auch die fortschrittlichste und „gut gemeinte" Ideologie, in diesem Fall eine „Grüne", an Glaubwürdigkeit und somit viele Unterstützer verlieren kann, wenn man gewisse Grenzen überschreitet und das Leben, als solches, samt den einfachsten Bedürfnissen der Menschen ignoriert. Das kannte ich schon aus dem Kommunismus und jetzt traf ich es auch hier, in der Demokratie.

Etwa anderthalb Jahre nach dieser Entgleisung, trat derselbe Politiker, bei einem Fußballspiel, im Edenheimer Stadion, vor das Mikrophon und wollte sich an die Fans wenden.

Aber schon nach den ersten Worten, wurde er in der Arena, lautstark ausgebuht.

Als Politiker hat man einen sehr undankbaren Job, denn man wird an seinen Fehlern gemessen und das Volk vergisst nichts. Besonders wenn man auffällig entgleist, dann kann es sich auch auffällig gemein verhalten.

Dass sich in einem reifen Alter ein deutscher Ministerpräsident, in der heutigen Zeit, auf so eine Art blamiert, hab ich mir trotz meiner beachtlichen Phantasie nicht vorstellen können!

Lieber Herr Ministerpräsident! Wie sie selber besser als ich wissen, leben wir in Deutschland in einer Leistungsgesellschaft, wo man am Arbeitsplatz oft bis an das Limit seiner Kräfte getrieben wird, also die Schweißdrüsen auch ein Maximum leisten. (Hab selbst, mit 61, an manchem Tag vier bis fünf Stunden auf den Knien schaffen müssen.) Unser ganzer Wohlstand ist eigentlich auf Schweiß aufgebaut. Und Sie empfehlen, nach so einem harten Arbeitstag, sich nur mit einem Waschlappen abzuwischen, auch wenn man am nächsten Morgen wieder rechtzeitig und in voller Frische, also voll einsatzbereit, an der Stempeluhr hat zu erscheinen?!

Ich hab die „Grünen" nicht gewählt, aber wegen ihrer Gutmenschen-Haltung im Stillen geschätzt und respektiert.

Doch wollten sie schon in der Mark-Zeit, den Preis für ein Liter Benzin auf fünf(!) Mark erhöhen und jetzt, als sie an die Regierung kamen, haben sie die letzten Atomkraftwerke Deutschlands abgeschaltet, wo noch bei weitem kein richtiger Energieersatz da war.

Mir ist bewusst: Der Klimawandel ist ein Problem, das dringend, so schnell wie möglich, gelöst werden muss. Aber nicht ÜBERSTÜRZT! Denn überstürztes Handeln, hat immer unerwünschte Folgen.

Die sichersten AKWs der Welt hat man vom Netz genommen, in einem Land wo am Arbeitsplatz außergewöhnliche Ordnung und Disziplin herrschen, derweil Frankreich, unser Nachbarstaat, vierundfünfzig(!) Atommeiler betreibt, fünf oder sechs noch vor hat zu bauen und in Polen, auch ein direkter Nachbar, sechs Reaktoren Strom liefern und man will noch neunzehn (!) kleinere errichten! (Weltweit sind an die vierhundert AKWs in Betrieb.)

Und das ist nicht genug: Ab 2030 will man in Deutschland auch keine Kohle mehr verbrennen, wobei China schon vor vier Jahren bekannt gemacht hat, dass es vierzig(!) neue Kohlekraftwerke beabsichtigt zu bauen.

Und wir Deutsche sollen die Welt im Alleingang retten!

Wenn in Deutschland kein Kohlenstoff-Dioxid mehr ausgestoßen wird, das Land frei wär von all den anderen Umweltgiften, also alle Ökoziele erreicht wären, würden damit bloß ZWEI(!) Prozent von der ganzen Welt in Ordnung sein!

Warum geht man nicht mit internationalen Öko-Allianzen und Pakten die Sache synchronisiert, GEMEINSAM, an? Ich kann mir vorstellen, dass Deutschland bei der ökologischen Umgestaltung der Welt, eine Vorreiterrolle übernehmen möchte. Aber, bitte, NICHT ÜBERSTÜRZT!
Denn damit bürdet man dem deutschen Steuerzahler zu hohe Energiepreise auf, wobei auch der deutsche „Michel" auch nur EIN Leben hat, in dem er hart schuften muss!
Das sogenannte „Heizungsgesetz" war, initial, für den deutschen Normalverdiener nicht nur eine Zumutung, sondern eine absolute Frechheit. Nie hab ich mir vorstellen können, dass die „Grünen", diese Gutmenschen, wie ich sie schon nannte, es wagen, so total ideologisch verbohrt aufzutreten.

Seit neununddreißig Jahren wohne ich mit meiner Familie in derselben Mietwohnung, und jedes Jahr, als man uns die Nebenkosten-Abrechnung zugeschickt hat, hatten wir ein Guthaben drauf. Wir mussten nichts nachzahlen, außer in einem Jahr mit einem schweren Winter, 130 Euro. Wir haben immer vernünftig, sparsam gelebt.
Als wir für das Jahr 2022 die Nebenkosten-Abrechnung erhielten, stand drauf,dass wir 2781(!) Euro nachzuzahlen haben!
Ein Schock, denn ich und meine Frau haben keine große Rente.(Ein Jahr zuvor hatten wir auf der Nebenkosten- Abrechnung ein Guthaben von 240 Euro und wir hatten auch 2022 genauso gelebt und gewirtschaftet in der Wohnung, wie immer.)

Mein Widerspruch, den ich an die Vermieter-Gesellschaft gerichtet hatte, blieb erfolglos. Man antwortete mir, sie wären nicht Schuld, die Regierung hätte die Preise auf diese Art erhöht. Aber aus Kulanz würde man mir 481 Euro erlassen.

So musste ich mir einen Anwalt nehmen.

Vierzig Jahre hab ich in Deutschland keinen Anwalt gebraucht. Nun war es soweit! Und das noch wegen einer Nebenkosten-Abrechnung!

Was ist da so schwer und komplex, dass man, nach eingelegtem Widerspruch, auch noch einen Anwalt braucht, der das in Ordnung bringt?!

Aber die Verteuerungen der Regierung haben Tür und Tor für allerhand Abzocker und Betrüger geöffnet.

Und auch heut, nachdem sich manches, irgendwie, wieder eingependelt hat, gibt man nicht die Vergünstigungen an die Verbraucher weiter.

Mein Anwalt hat dann erreicht, dass wir von den geforderten 2781 Euro als Nachzahlung, keinen einzigen Cent an die Vermieter-Gesellschaft entrichten mussten. Also war alles nur ein dreister Abzocke-Versuch!

(Und von der Vermieterseite gab's nicht mal die kleinste Entschuldigungsgeste.)

Es ist eine Schande für den deutschen Staat, dass er so einen Umgang mit seinen Steuerzahlern ungestraft lässt und toleriert!

Nach über vierzig Arbeitsjahren ist man als Rentner, mit kleinem Einkommen, immer noch als

Freiwild gewieften Betrügern ausgesetzt, gegen die
man sich auf eigene Kosten wehren muss.
Und manchen ist es nicht mal bewusst, dass sie
sich wehren KÖNNEN oder DÜRFEN und nehmen alles was man ihnen aufbürdet, gehorsam hin.
Und zahlen!
Schande, Schande und nochmal Schande!
So eine schlechte Regierung, habe ich vierzig jahr-
lang, seit dass ich in Deutschland bin, nicht erlebt!
All diese Zeit war ich Stammwähler, auch wenn es
meiner Partei schlecht ging. Aber ich werde nie
wieder SPD wählen: Diese Partei hat ihre Wähler-
schaft verraten und verkauft! Ich wär im Stand, im
Sinne Nietzsches, ihr auch noch den letzten Stoß zu
versetzen, wo sie sowieso am Abgrund steht!
Verstorbene Persönlichkeiten, welche die Sozial-
Demokratie brillant repräsentiert haben, würden
sich im Grab umdreh'n, wüssten sie was aus ihrer
Partei geworden ist!

*

Aber jetzt zurück, in die Zeit als ich vier, fünf
Stunden, an manchem Tag, auf den Knien schaffen
musste.
Nach so einem Tag, kam ich abends nach Hause, aß
etwas zusammen mit meiner Dolores und nach dem
Duschen war ich so fertig, dass ich schon gleich,
um 18 Uhr, ins Bett ging.

Ich schlief bis nachts um halb zwei, dann konnte ich nicht mehr im Bett liegen, stand auf und ging ins Wohnzimmer, zum Fernseher.

Um halb vier frühstückte ich schon, um halb sechs holte ich mir aus dem Briefkasten die Zeitung, las sie und dann fuhr ich in die Firma.

Ich schlief also tagsüber und nachts war ich wach. Und dieser verkehrte Bio-Rhythmus prägte sich mir derart ein, dass ich auch dann um 18 Uhr ins Bett ging, als ich in der Arbeit einen leichten Tag hatte.

Auch nachdem ich in Rente trat behielt ich diese Gewohnheit, denn ich dachte: „Du kannst doch schlafen wann du Lust hast, du musst doch nicht mehr schaffen geh'n."

Nach etwa zwei Jahren kamen mir aber Bedenken: So ein verkehrter Bio-Rhythmus könnte, auf Dauer, gesundheitliche Folgen haben.

In den fünf darauf folgenden Jahren hab ich sieben(!) Mal versucht wieder zurück zu einem normalen Schlaf-Wach Rhythmus zu finden, ist mir aber jedes Mal nicht gelungen: Auch wenn ich tagsüber kein Auge zumachte und erst um 23 Uhr ins Bett ging, war ich nach zweieinhalb Stunden wach wie nach einer ganzen durchgeschlafenen Nacht und musste mich ins Wohnzimmer vor die Glotze begeben.

Dieses Programm ist so tief eingebrannt in meinem Hirn, dass ich es auch jetzt, nach neun Jahren Rentnerdasein, befolgen muss.

Aber es geht mir eigentlich auch so gut, fühle mich nie müde und in meinen unregelmäßigen Wachzeiten, bin ich ständig mit meinem Schreiben beschäftigt: In den letzten acht Jahren habe ich sechs Lyrikbänder, jeder mit achtzig Gedichten, veröffentlicht und arbeite zur Zeit an meinem vierundzwanzigsten.

Die „Edenheimer Zeitung" hat mir jedes neu erschienene Buch vorteilhaft präsentiert, mit einem größeren Bild von mir, so dass mich viele Bekannte angesprochen haben:

„Mensch, Martin, ich hab dich in der Zeitung gesehen! Toll von dir, dass du Gedichte schreibst!"

Die „Siebenbürgische Zeitung", das Blatt des Vereins der Siebenbürger Sachsen, das in ganz Deutschland den Mitgliedern verteilt wird, hat mir auch die Bücher kommentiert und jedes Mal bekam ich Anrufe von Landsleuten, die mich beglückwünschten.

Mein erstes Buch „Was auf der Hand liegt" hat mir die „Siebenbürger Zeitung" nicht präsentiert aber ich zitiere zwei fünf Sterne Bewertungen aus dem Internet:

1) „Worte die berühren, Worte die eben zum Nachdenken anregen und viele Fragen stellen.
„Was auf der Hand liegt" ist überraschend, schlagkräftig, ausdrucksstark, einzigartig." M. Schmidt.

2) „ Lustig, facettenreich, ein buntes Sammelsurium an verschiedenen Arten von Gedichten, sehr zu empfehlen, eine wirklich schöne Bildersprache, die ganz neue Betrachtungsweisen des alltäglichen

und nicht alltäglichen Lebens aufzeigt, ein gutes Buch." Amazon Kunde.

Seit zwölf Jahren trete ich auch regelmäßig drei Mal im Jahr, in Edenheim, bei Poetry-Slam Veranstaltungen auf, wo ich aus meinen Gedichten lese. Die kommen gut an und hab schon in diesem speziellen Publikum eine Fangemeinde, die mich an solchen Abenden mit begeistertem Applaus und Zurufen belohnt.

Das macht mich glücklich.

Und am glücklichsten bin ich dann, wenn ich mit meinen Vorträgen, den ganzen Saal zum Lachen bringen kann.

Lachen schüttet alle Gräben zu, für die Momente, in denen wir gemeinsam lachen, sind wir alle gleich und man vergisst das ganze Elend der Welt. In meinen rumänischen Gedichten, die ich in der Diktatur schrieb, bin ich eher ein Tragiker gewesen, es ging in ihnen dramatisch zu. In Deutschland bin ich, zu einem guten Teil, in meinem Schreiben zum Clown geworden.

Sogar beim Einkaufen sind Leute, die ich nicht kannte, auf mich zugekommen und haben sich an mich gewendet:

„Herr Szegedi, wir haben ihre Gedichte beim Poetry-Slam gehört und sie haben uns sehr gefallen. Machen Sie so weiter!"

Da hab ich mich sehr geehrt gefühlt.

Jeden Freitag mach ich mit meiner Dolores, im selben Supermarkt, unseren Großeinkauf.

Da kommen wir auch beim Bäcker vorbei, und ich

hab es mir zur Gewohnheit gemacht, jedes Mal
wenn an der Theke nicht viel los ist, der
Verkäuferin oder dem Verkäufer, einen kurzen,
lustigen Vierzeiler vorzutragen.
Dann wird gelacht.
Nach einer Zeit sagte man mir:
   „Sie wiederholen sich aber nie!"
Ich antwortete:
   „Ich muss Ihnen doch AUCH frische Ware anbieten, wenn ich von Ihnen immer nur Frisches
krieg'!"
Ein kleines Schwätzchen tut einem jeden gut, sonst
verflacht man immer mehr im Automatismus der
Routine. Und wenn ich seh', dass ich Leute unterhalten kann, verstärkt es mir das Gefühl, dass ich
mich immer tiefer und gründlicher in Deutschland
beheimate.

EPILOG

Lieber deutscher Staat!
Lange Zeit nachdem wir Rumänien verlassen
hatten, hast du Geduld gehabt, dass einer wie ich,
der mal Mitglied einer kommunistischen Partei
war, zum Demokraten werden konnte.
In vierzig Jahren konnte ich mich an meiner eigenen Haut überzeugen, dass der Kapitalismus, den
man uns in der Diktatur gelehrt hatte, zu hassen, eigentlich, Wohlstand generiert.
Aber, lieber deutscher Staat, unter deinen Augen
finden leider gewaltige Übertreibungen statt!

SYSTEMAUSWUCHS

Krankenhäuser haben es nicht leicht,
sie müssen sogar *Gewinn* machen,
nicht nur über Kranke wachen –
erst dann ist ihr Ziel erreicht.

Und das auch noch auf dem Rücken
der Allerschwächsten aus dem Volk,
die manche ihr Heil in Fabriken
verloren, für *deren* Erfolg.

Der Mensch – zu oft Mittel zum Zweck?
Dann zählt er, als solcher, kaum mehr.
Nur wenn er auf seinem Weg,
der Geldschöpfung sich nicht stellt quer.

So stimmt er zu mancher OP,
die man hätt' können vermeiden:
man ist bereit für das Budget
der Kliniken auch mal zu leiden.

Hauptsach' wir haben im Gesetz
fest verankert das Tierwohl
und im Handel einen stets
günstigen Preis für Alkohol!

P.S.
Krankenhäuser gehören
in die öffentliche Hand,
das ist nicht extravagant
und dürfte Vernünftige nicht stören.

Lieber deutscher Staat! Macht heutzutage ein Krankenhaus kein Gewinn, wird es geschlossen.
So sind Ärzte gezwungen solche Behandlungen an
den Patienten anzuwenden, die MEHR Geld einbringen: Lieber wird dann operiert, ins Fleisch oder
in den Knochen geschnitten, statt schonender mit
den Kranken umzugeh'n.
Und es kommen ja nicht nur Neunzigjährige ins
Krankenhaus, sondern auch Männer und Frauen im
besten Alter. Eine sanftere Behandlung wär geeig-
neter, auf dass sie zügig wieder zurück ins Arbeits-
leben kehren könnten.
Es ist nicht nur zum Himmel schreiend, sondern
BRÜLLEND! Medizin sollte Dienst am Menschen
sein, und nicht am GELD!

Und da kommt mir in Sinn ein Teil von einem Lied
des Österreichers Georg Danziger:
„Darum sag mir woran,
woran, meine Liebe, glauben wir noch?"
Was für Wertetafeln, lieber deutscher Staat, hältst
du hoch?

AUSGEWOGEN

Kaum mach ich die Haustür hinter mir zu
und schon steht einer da, um mich zu hintergeh'n,
was auch immer ich lass oder tu,
behalten muss ich meine Ruh,
als wäre nie etwas gescheh'n.

Als hätte man mich nie geprellt,
so reingewaschen werd ich morgens wach,
und wenn sich mir später einer gesellt,
ist er von Beruf aus einer anderen Welt –
also wie ich, Träumer von Fach.

Unbeirrt und ausgewogen
ring ich mich lächelnd durch den Tag,
bin aber als Schwindler aufgeflogen:
ich gebrauch nicht die Ellenbogen –
bin einer der das Drängeln nach vorn nicht mag.

Ich gehe meinen Weg nicht gerade aus,
um zu umschiffen Hass und Leid,
weich ich nach links oder rechts aus.
Ich möchte nicht über ANDERE,
nur über mich selbst hinaus –
aber dann weit!

Lieber deutscher Staat! Wer Geschäfte auf Kosten
anderer macht, statt bestraft zu werden, wird noch
offenkundig von unserem System BELOHNT: Er
darf sich dabei eine goldene Nase verdienen!
Und so was macht „Schule", das Verprellen des
Anderen findet schnell und jede Menge Nachah-
mer, bis dahin, dass es sich VERSELBSTSTÄN-
DIGT und nicht mehr weg zu rotten ist. Das ist
dann keine SOZIALE, sondern eindeutig eine
FREIE Marktwirtschaft! Obwohl ich zugeben
muss: Gegenüber anderen Ländern, hat in Deutschland der Kapitalismus doch noch menschliche
Züge.
Lieber deutscher Staat! Ich bin aus Mangel an Freiheit in deine Gefilde ausgewandert, aber ich muss
feststellen dass du uns, also deinen Bürgern, zu viel
Freiheit gewährst.
Wie kannst du erlauben, dass im Land der „Dichter
und Denker" wo einst Kant, Hegel, Schopenhauer,
Nietzsche, Heidegger, der große Goethe, Hesse,
Thomas Mann, Benn, Grass und viele andere in-
haltlich und sprachlich mal brilliert haben, heute
1268 Mal, über leistungsstarke Lautsprecher, in die

Gesellschaft hinein gerappt und gebrüllt wird:
   „Ich fick deine Mutter!"
Ist auch dir nichts mehr heilig?
Was verstehst du unter Kultur und Zivilisation?
Eine Mutter ist eine Ikone, sie bringt uns Men-
schen, unter nicht beschreibbaren Schmerzen auf
die Welt. Nur dank ihr verfügst du, eigentlich, auch
über Steuerzahler!
Und du gestattest manchem Taugenichts, sie in
aller Öffentlichkeit zu besudeln. Und dabei
verdient mancher auch noch Millionen!
Ich weiß, so eine Sprache ist charakteristisch einem
gewissen Milieu, der Subkultur.
Aber nicht nur mir, auch anderen geht das zu weit,
denn es verstärkt den Verrohung-Trend aus unserer
Gesellschaft: „Ich fick deine Mutter!"
Fast vierzig Mal pro Rapper wird das uns in die
Ohren geschleudert!
Das ist keine Freiheit der Kunst mehr, sondern der
reinste oder, besser gesagt, der DRECKIGSTE
Freiheit-Missbrauch!
(Weil ich weiß, dass es viele erreicht, geh' auch ich
in meinem Schreiben, manchmal, unter die „Gür-
tellinie" indem ich aber jede Grobheit vermeide.)
Vor ungefähr fünfzig Jahren, las ich in einem von
Kants Büchern, dass Freiheit verstandene Notwen-
digkeit ist und dass die Freiheit des Einzelnen dort
aufhört, wo die des Anderen beginnt (genauer kann
ich mich nicht mehr dran erinnern).
Der Neoliberalismus hat dann, in unseren Zeiten,
diese Definitionen großzügig erweitert.

Aber was zu viel ist, ist zu viel! Auch wenn ich feststellen musste, dass man eigentlich nur so frei sein kann, wie weit einem der Geldbeutelinhalt reicht.

Lieber deutscher Staat!

Du gewährst uns zu große Freiheiten, mit keinen guten Folgen.

Darum möchte ich mich, kurz, auch an Euch wenden, liebe deutsche Medien, denn Euch zum Dank werden wir tagtäglich, rund um die Uhr, mit Nachrichten versorgt und wird uns die weite Welt, mit ihren Lichtern und Schatten, bis hinein in die Wohnzimmer gebracht.

So weit, so gut.

Aber etwas werde ich nie vergessen: Den Fall „Dagobert"!

Wie konntet Ihr aus einem Verbrecher, der erpresst und sechs(!) mal Bomben, in von Menschen besuchten Kaufhäusern legt, einen VOLKSHELDEN machen?!

Hätte er auch noch so einen schlauen Intellekt, so einer gehört HART bestraft und zwar, dass es abschreckt!

Ihr aber habt ihn zum Idol gehievt, weil er zwei Jahre lang die Polizei an der Nase herumgeführt hat!

Er wurde zu neun Jahre Haft verurteilt, von denen er bloß vier abgesessen hat.

Hätte ich, der aus Rumänien hierher ausgewandert bin und nach Orientierung in der deutschen Gesellschaft suchte, hätte ich solchen Typen nacheifern sollen?!

Da habt Ihr Euch aber getäuscht, liebe deutsche Medien!

Mein Idol, was die Kunst betrifft, war und ist nicht irgend ein pornographischer Rapper, sondern Erich Kästner.

Und was das Geldverdienen betrifft, hab ich mir nicht den Bombenleger und Erpresser „Dagobert" als Idol gewählt.

Meine Idole waren mein Elektromeister Georg, ein 125prozentiger Fachmann und ein 125prozentiger Mensch und mein Kollege Siegfried, dessen verdrahtete Schalttafeln regelrechte Kunstwerke waren!

Solche Leute habe ich in Euren FETTEN und DICKEN Schlagzeilen nicht angetroffen!

Aber DIE sind die eigentlichen Stars der deutschen Gesellschaft, die großen, anonymen Helden, deren Hände unseren Wohlstand erschaffen!

Und deswegen habe ich IHNEN und nicht Euch oder anderen dieses Buch gewidmet!

Denn ich möchte was zurückgeben denjenigen die mich nicht allein gelassen haben als ich in Not war und dir, lieber deutscher Staat, weil du mich und mein kleines Siebenbürgische Sachsenvolk, zum Teil, aus der Diktatur aufgenommen hast.

Vielleicht hast du erwartet, dass ich aus der kommunistischen Mangelwirtschaft zu dir rüberwechsele,

nicht nur um zu arbeiten, sondern um auch zu KONSUMIEREN.

Gearbeitet hab ich: Zusätzlich zu den zehn Jahren aus Rumänien, noch einunddreißig hier.

Aber konsumiert hab ich weniger.

Denn ich war und bin nicht für so was ausgerichtet, sondern für das Gegenteil: Ich wollte und will der Welt eher was GEBEN statt NEHMEN.

Nach all dem was ich wegen meiner Schizophrenie durchgemacht habe, stellen sich zwei Fragen:

1) Wieso hab ich den ersten Selbstmordversuch überlebt, wo ich damals in der Küche, in einem regelrechten Rausch der mir das Hirn benebelte, mir die Kehle mit drei Ansätzen durchschnitt, noch einen Schnitt im Nacken durchführte, in der Absicht mir eine größere Ader zu durchtrennen und auch noch mir tief in die linke Brustseite stach, versuchend das Herz mir zu treffen?

Was hat mir die Hand, bei jedem Schnitt, so geführt, dass ich davongekommen bin?

2) Wieso hab ich mir den Werbespot mit dem umweltfreundlichen Rostauflöser angeschaut und diesen dann gekauft, obwohl ich früher die Erfahrung mit dem Schimmelkiller gemacht hatte, dass eben umweltfreundliche Produkte nicht gründlich reinigen und wir im Haus deshalb den Schimmelkiller auf Chlorbasis immer wieder verwendeten?

Warum hab ich also nicht den giftigeren Rostauflöser gekauft, der ja AUCH im Regal war?

Jenseits der Antwort auf diese Fragen, ist mir eins klar: Mir war bestimmt mehrmals zu sterben, um vielleicht einmal richtig leben zu können.

Ich musste in der Zeit von fünf Jahren, als ich

keine Privat- und Intimsphäre mehr hatte, auf
Erden die Hölle durchqueren, doch bin ich mir
sicher, dass auch das Paradies, eigentlich, nur
HIER und nicht im Jenseits zu finden ist.

Für das Privileg, dass ich auf die Welt kommen
durfte, hab ich meinen Preis bezahlt, an verschiedenen Kassen und mit allerhand für Münzen. Auch
mit meinem eigenen Blut.

Das Leben ist unbarmherzig mit vielen von uns,
aber wenn man nicht allein gelassen wird, gelingt
es auch dem Schwächsten, es zu meistern.

Nur muss halt ein jeder seinen Weg gehen, zum
Menschen werden.

Zu diesem Berg der Existenz, mit seinen bis in die
Wolken ragenden Spitzen und seinen Schauder
erregenden Abgründen.